THÉÂTRE EUROPÉEN

NOUVELLE COLLECTION

DES CHEFS-D'ŒUVRE DES THÉATRES

Allemand, Anglais, Danois, Espagnol, Français, Hollandais, Italien, Polonais, Russe, Suédois, etc.,

AVEC DES NOTICES ET DES NOTES

HISTORIQUES, BIOGRAPHIQUES ET CRITIQUES

Théâtre Polonais.

UN VŒU DE JEUNES FILLES

Comédie en cinq actes

PAR LE COMTE **ALEXANDRE FREDRO.**

PARIS

Au Bureau d'administration du Théâtre Européen

Rue du Dragon, 30.

DELLOYE	**HEIDELOFF**	**BARBA**
Éditeur de la	ET	Éditeur de la
FRANCE PITTORESQUE	CAMPÉ	FRANCE DRAMATIQUE
place de la Bourse, 5.	rue Vivienne, 16.	Palais-Royal.

ᵀ CHEZ TOUS LES DÉPOSITAIRES DE PUBLICATIONS HEBDOMADAIRES.

DEUX LIVRAISONS.

LE THÉATRE EUROPÉEN

SE COMPOSERA

DE PLUS DE DEUX CENT CINQUANTE PIÈCES TRADUITES

Et accompagnées de Notices et de Notes

historiques, biographiques et critiques

Par MM. J.-J. Ampère; le Baron de Barante, de l'Académie française; Berr; Campenon, de l'Académie française; Philarète Chasles; Chatelain; L. Chodsko; Cohen; Defauconpret; Delatouche; A. de Latour; Denis; Émile Deschamps; Ernest Desclozeaux; Alex. Dumas; Léon Gozlan; Guizard; Guizot; Damas-Hinard; Jules Janin; Lebrun; Loève Veimars; Magnin; Saint-Marc Girardin; X. Marmier; Mennechet; P. Mérimée; Merville; Prince Mestchersky; Nisard; Charles Nodier, de l'Académie française; Amédée Pichot; Comte de Remusat; Comte de Saint-Aulaire; Comte Alex. de Saint-Priest; Baron Taylor; Trognon; Villemain, de l'Académie française; Madame la Duchesse d'Abrantès, etc., etc.

Cette importante collection se divisera par séries, divisées elles-mêmes en volumes. Le théâtre espagnol, *première série*, comprendra l'époque de Calderon, de Cervantes, de Lope de Vega, de Montalvan, de Moreto, de Rojas, de Solis, de Zamora, de Tirso de Molina, d'Alarcon, de Cubillo, de Cañizares et autres auteurs de tragédies *fameuses*, de comédies et de saynètes dont il n'a pas même été fait mention dans la première traduction des théâtres étrangers; la *seconde* série, plus moderne, commencera à Moratin et finira à Martinez de la Rosa.

Le théâtre anglais, qui offre quatre époques plus tranchées, aura *quatre* séries; la *première* comprendra les auteurs des règnes d'Élisabeth et de Jacques : Shakspeare et ses contemporains, Marlow, Decker, Heywood, Lilly, Green, Peel, Marston, Rowley, Middleton, Ben-Jonson, Massinger, Webster, Beaumont et Fletcher, Ford, Shirley, etc.

La *seconde* comprendra les auteurs des règnes des derniers Stuarts, de Guillaume et de la reine Anne, jusqu'à l'avénement de la maison de Hanovre : Lee, Howard, Dryden, Shadwell, Etheredge, Cibber, Vanbrugh, Congreve, Otway, Wycherley, Southerne, Lillo Farquhar, Centlivre, Gay, Addison, etc.

La *troisième* comprendra les auteurs qui ont écrit sous les Georges, jusqu'au moment de la révolution française, Fielding, Thomson, Murphy, Hughes, Foote, Goldsmith, Garrick, Colman, Home, Kelly, O'Keeffe, Bickerstaff.

Et la *quatrième* enfin, plus moderne, commencera à Sheridan et finira à son homonyme Sheridan Knowles encore vivant; elle comprendra Cumberland, Morton, Reynolds, Holcroft, Inchbald, Tobin, Colman J^{er}, Shiel, Coleridge, Maturin, Milman, Bedoes, Joanna Baillie, Croly, Payne, Walter Scott, Byron, etc.

Dans le théâtre italien, la *première série* embrassera les vieilles pièces en remontant jusqu'à Machiavel; la *seconde*, l'époque de Goldoni; la *troisième*, celle d'Alfieri et de ses contemporains.

Le théâtre allemand, quoique presque aussi riche que le théâtre anglais, n'aura que *deux* séries à cause des dates : la *première* comprendra Lessing, Schiller, et leurs contemporains; la *seconde* Goëthe, Kotzebue, Werner, Mullner, et l'époque actuelle, Grabb, Raupach, Grillparzer, Iffland, Kleist, Kœrner, Zimmerman, etc.

Les autres théâtres n'auront chacun qu'*une* série, quoique nous ne manquions pas de pièces inédites pour compléter ce qu'on connaît déjà en France des théâtres danois, hollandais, polonais, portugais, russe et suédois.

CONDITIONS.

Le Théâtre Européen est publié par livraisons, format grand in-8°.

Chaque pièce paraît *complète* avec les notices et notes qui s'y rattachent.

Les notices sur les auteurs seront toujours placées en tête de la *première* pièce de chaque auteur, non la première dans l'ordre de la mise en vente, mais la première dans l'ordre de la classification des séries et des volumes. — Les notices sur les pièces précéderont chaque pièce.

Les pièces qui ont moins de *quatre* actes ne forment qu'*une seule* livraison.

Les pièces en *quatre* et en *cinq* actes forment *deux* livraisons.

Il paraît régulièrement au moins *une* pièce, souvent *deux* pièces le *samedi* de *chaque semaine*, et alternativement de chacun des théâtres indiqués et de leurs diverses séries.

La couverture de chaque pièce et la *signature* au bas de chaque feuille, indiquent le *théâtre*, la *série* et le *volume* dont la pièce fait partie. Les pièces appartenant au même volume ont une pagination suivie.

La *première* pièce de chaque volume sera toujours accompagnée du *frontispice* du volume, à la fin duquel il sera donné une table des matières.

Prix de chaque livraison :

50 cent. pour Paris; — 70 cent. pour les Départ. ; — 80 cent. pour l'Étranger.

On ne peut souscrire pour moins de *vingt-cinq* livraisons, payables d'avance aux prix ci-dessus. — Les souscripteurs sont servis à *domicile*.

On peut acquérir chaque pièce séparément.

THÉATRE

EUROPÉEN.

IMPRIMERIE DE E. DUVERGER,
4, RUE DE VERNEUIL.

THÉATRE
EUROPÉEN

NOUVELLE COLLECTION

DES CHEFS-D'OEUVRE DES THÉATRES

ALLEMAND, ANGLAIS, ESPAGNOL,

DANOIS, FRANÇAIS, HOLLANDAIS, ITALIEN, POLONAIS,

RUSSE, SUÉDOIS, ETC.

AVEC DES NOTICES ET DES NOTES

HISTORIQUES, BIOGRAPHIQUES ET CRITIQUES

PAR MM.

J. J. AMPÈRE; AVENEL; le baron DE BARANTE, de l'Académie française; BERR; CAMPENON, de l'Académie française; Philarète CHASLES, CHATELAIN; Alissan DE CHAZET; Léonard CHODZKO; COHEN; DEFAUCONPRET; DELATOUCHE; A. DE LATOUR; DENIS; Émile DESCHAMPS; Ernest DESCLOZEAUX; Alexandre DUMAS; Paul DUPORT; Léon GOZLAN; GUIZARD; GUIZOT; DAMAS–HINARD; Jules JANIN; LEBRUN; LOÈVE-VEIMARS; MAGNIN; SAINT-MARC GIRARDIN, X. MARMIER; MENNECHET; P. MÉRIMÉE; MERVILLE; prince METSCHERSKY; Théod. MURET, NISARD; Charles NODIER, de l'Académie française; Amédée PICHOT; comte DE REMUSAT; comte Jules DE RESSÉGUIER; comte DE SAINT-AULAIRE; Jules DE SAINT-FÉLIX; comte Alexis DE SAINT-PRIEST; baron TAYLOR; TROGNON; VILLEMAIN, de l'Académie française; Madame la duchesse D'ABRANTÈS; etc., etc.

Théâtre Polonais.

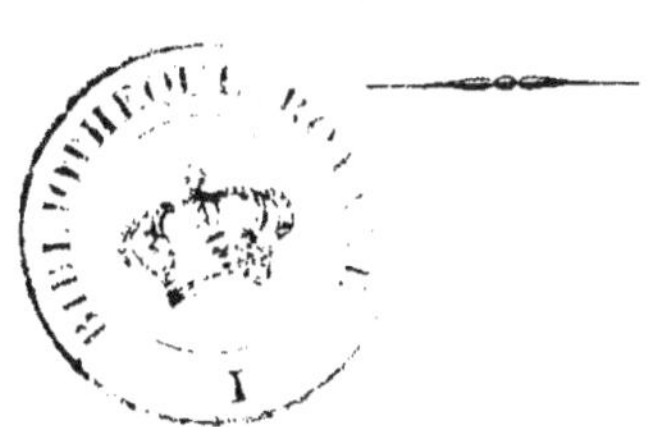

PARIS

ED. GUÉRIN ET Cⁱᵉ, EDITEURS, RUE DU DRAGON, 30.

1835

UN VOEU

DE JEUNES FILLES

(𝔖𝔩𝔲𝔟𝔶 𝔓𝔞𝔫𝔦𝔢𝔫𝔰𝔨𝔦𝔢.)

COMÉDIE EN CINQ ACTES,

PAR LE COMTE ALEXANDRE FREDRO,

REPRÉSENTÉE, POUR LA PREMIÈRE FOIS, SUR LE THÉATRE DE LÉOPOL,
CAPITALE DE LA POLOGNE AUTRICHIENNE
EN 1833.

La littérature polonaise date du seizième siècle. Avant Malherbe en France, Jean Kochanowski avait fixé en Pologne la langue poétique de son pays. Dès 1548, on y représentait à la cour des drames assez réguliers. A l'apogée de sa prospérité politique, la Pologne vit se déployer aussi l'âge d'or de sa littérature. Sous le règne brillant des Sigismond, des Bathory, on compte des historiens, des orateurs, des poètes, aussi remarquables par la pureté, la richesse et l'énergie de leur langage que par la noblesse et l'éclat de leurs pensées. Mais bientôt la Pologne commença à décliner sous les rois de la maison de Wasa. Pendant le dix-septième et la première moitié du dix-huitième siècle, le pays fut continuellement ruiné par les guerres et les discordes civiles les plus funestes ; les lumières souffraient de l'obscurantisme dirigé par les Jésuites; la langue polonaise elle-même se corrompait par l'usage trop exclusif du latin. Après plus de cent ans de ce triste état de choses, une renaissance politique et une renaissance littéraire se montrèrent de nouveau contemporaines ; vers le milieu du dix-huitième siècle, un grand nombre d'ouvrages littéraires et de poésies signalèrent l'avénement de Stanislas Poniatowski, dernier roi de Pologne; la scène nationale se perfectionna, et la fin même de l'existence indépendante du pays,
par suite de l'attentat odieux des trois cours spoliatrices, n'effaça pour un temps que le nom, mais ne put arrêter les progrès intellectuels de la Pologne. Depuis, il nous suffit de citer le nom de Mickiewicz, pour pouvoir affirmer qu'il y a une littérature polonaise moderne digne du plus haut intérêt. Cependant, la connaissance de cette littérature est bien loin d'être répandue en France. Il y a à peine trente ans que plusieurs poèmes du célèbre Krasicki et la Sofiowka de Trembecki trouvèrent des traducteurs élégants dans l'abbé Lavoisier et le comte Lagarde de Messence. Aujourd'hui, en même temps que les derniers événements ont resserré l'ancienne intimité entre la France et la Pologne, MM. de Montalembert, Burgaud des Marets et Fulgence, sont parvenus à familiariser leur patrie avec les œuvres de Mickiewicz.

C'est sous les auspices de ce rapprochement des deux littératures que les directeurs du *Théâtre Européen* entreprennent de publier en France un théâtre polonais. Une entreprise semblable fut tentée en 1823 ; mais outre que le nombre de pièces contenues dans un seul volume in-8° a été plus qu'insuffisant pour faire apprécier la scène polonaise, une malheureuse négligence y fit glisser non-seulement une foule d'erreurs incroyables, mais jusqu'à des pièces entières dont la Pologne n'a jamais entendu parler et qui doivent avoir été traduites du russe [1].

Nous ouvrons le théâtre polonais par une comédie toute moderne et d'un auteur vivant, le comte Alexandre Fredro. Une des pièces à publier prochainement sera précédée d'un essai sur l'histoire de la littérature dramatique en Pologne. En attendant, nous donnons ici une courte notice sur Alexandre Fredro et sur le caractère général de ses ouvrages.

Le comte Alexandre Frédro descend d'une famille polonaise noble et ancienne. Il est né vers 1790, dans une des terres de ses parents, située non loin de Léopol, chef-lieu de la province connue sous le nom de Russie-Rouge dans l'histoire, aujourd'hui capitale du royaume de la Gallicie autrichienne. Dès sa première jeunesse, Fredro embrassa la carrière des armes; c'était celle qui, sous les aigles de Napoléon, devait surtout séduire les patriotes polonais, sujets involontaires des trois grandes puissances spoliatrices de leur patrie. Après avoir servi avec distinction et avoir obtenu les insignes de la croix militaire de Pologne et de la Légion-d'Honneur, Fredro quitta le service à l'époque de la chute du duché de Varsovie, et se fixa en Gallicie, sous le gouvernement autrichien, où était situé son patrimoine. C'est au milieu d'occupations champêtres, entremêlées d'études littéraires, que Fredro découvrit sa vocation d'auteur dramatique, et dès son début il surprit le public de son pays par le talent qui distinguait ses premières pièces, représentées à Léopol vers 1820. Depuis 1824 jusqu'à 1834 il a publié quatre volumes de comédies, parmi lesquelles on remarque surtout: *Le mari et la Femme*, *les Amis*, *la Manie des goûts étrangers*, *les Dames et les Hussards*, *un Vœu de jeunes filles*, *Monsieur Jovialski*, etc. La finesse d'observation, une bonne entente des effets de la scène, la verve comique et la vivacité du dialogue, une versification à la fois riche et facile, distinguent la plupart des pièces de Fredro; on lui reproche, non sans quelque fondement, d'être moins heureux lorsqu'il traite les situations sentimentales, et de ne pas toujours briller par un goût suffisamment épuré. Plusieurs de ses ouvrages dramatiques ont été traduits en allemand; la pièce *les Dames et les Hussards* a eu du succès à Berlin. En Pologne, le répertoire de Fredro est une mine très productive pour tous les directeurs de théâtre, et l'opinion nationale a assigné déjà à cet auteur une des premières places parmi les littérateurs et poètes contemporains.

C. MOROZEWICZ.
Membre de la Société littéraire polonaise de Paris

---

[1] Ce que dit ici M. Morozewicz du premier essai de traduction du théâtre polonais, publié en 1823, nous avait déjà été signalé par plusieurs de ses compatriotes; nous avons cru devoir donner au public une garantie contre des reproches aussi graves, en consultant la Société littéraire polonaise de Paris sur le choix des pièces à traduire, et en admettant quelques-uns de ses membres parmi nos collaborateurs.
(*Note des directeurs.*)

UN VOEU

DE JEUNES FILLES,

COMÉDIE.

PERSONNAGES.

Madame DOBROYSKA.	GUSTAVE, neveu de Radoste.
ANGELIQUE, sa fille.	ALBIN.
CLARA, sa nièce.	JEAN, domestique de Gustave.
RADOSTE.	

La scène se passe à la campagne, chez madame Dobroyska.

ACTE PREMIER.

Salon. Deux portes au fond, une troisième à droite conduisant aux appartements de madame Dobroyska ; une quatrième donnant dans la chambre de Gustave ; une fenêtre.

SCÈNE I.

JEAN. *Il se promène enveloppé dans un manteau et regarde à tout moment par la fenêtre en bâillant.*

Oui, attends-moi, ne dors pas ; je rentrerai à trois heures... Belle parole ! — Voilà le soleil pleinement levé ; et mon cher maître, qui est occupé au tapis vert, à la bouteille, ou... Mais, taisons-nous plutôt là-dessus !

SCÈNE II.

JEAN, RADOSTE.

RADOSTE, *s'avançant vers la chambre de Gustave.*
Dort-il ?

JEAN.
Oh ! il dort, il dort comme une bûche.

RADOSTE.
Est-il paresseux, le mauvais sujet !

JEAN, *se mettant devant la porte.*
Monsieur, laissez-le tranquille.

RADOSTE.
Eh ! pourquoi ?

JEAN.
Il dort.

RADOSTE.
Cela ne fait rien.

JEAN, *en barrant le chemin.*
Il se fâchera.

RADOSTE.
Je ne risque rien.

JEAN.
A peine a-t-il fermé l'œil. Il ne dort que depuis une demi-heure.

RADOSTE.
Que faisait-il donc la nuit ?

JEAN.
Il n'a pas dormi.

RADOSTE.
Pourquoi ?

JEAN.
Pourquoi ? Il s'est trouvé malade.

RADOSTE, *avec intérêt.*
Malade ?

JEAN, *en soupirant.*
Subitement.

RADOSTE.

Qu'a-t-il?

JEAN.

La tête lui tourne.

RADOSTE.

Comment?

JEAN.

Il a l'eau en aversion.

RADOSTE.

Hum!

JEAN.

Il sent une soif démesurée pour le vin.

RADOSTE.

C'est singulier; hier il se portait encore à merveille.

JEAN, *en haussant les épaules.*

Cette maladie, monsieur, le frappe comme un coup de foudre.

RADOSTE, *à part.*

Hum! aversion, soif, tête qui tourne...

JEAN.

Laissez-le dormir. — Il se lèvera l'après-midi.

RADOSTE.

Je voulais aller chez moi et revenir encore aujourd'hui. — Eh bien! je ne le pourrai pas.

JEAN.

Pourquoi donc, monsieur? Allez toujours, je vous garantis que bientôt...

RADOSTE.

Et son sommeil est-il tranquille?

JEAN, *barrant le chemin.*

Un rien le réveille. De grace, pas de bruit.

RADOSTE.

Je ne veux qu'entr'ouvrir la porte.

JEAN.

La porte crie.

RADOSTE.

Rien qu'un coup d'œil.

JEAN, *cédant.*

Ah! puisque vous le voulez absolument... —Ne vous donnez donc pas cette peine; il n'y a là rien à voir; mon maître est dehors.

RADOSTE.

Il n'y est pas?

JEAN.

Non.

RADOSTE.

Mais où est-il?

JEAN.

A deux lieues d'ici.

RADOSTE.

Comment? où donc?

JEAN.

Il est allé à Lublin.

RADOSTE.

A Lu...

JEAN, *tirant sa révérence.*

Oui, à Lu... Lublin.

RADOSTE.

Quand est-il parti?

JEAN.

Hier soir.

RADOSTE.

Dans quel but?

JEAN.

Je l'ignore.

RADOSTE.

Voyez un peu? Il se fait fou! Courir la nuit! Dieu sait pourquoi! Et vous, monsieur, pourquoi êtes vous planté là? que vouliez-vous dire avec cette aversion pour l'eau, cette soif pour le vin!

JEAN.

Je suis en faction; il faut que je sois prêt à tout moment à ouvrir la croisée.

RADOSTE.

Pour qui?

JEAN.

Pour mon maître; c'est par-là qu'il sort et qu'il rentre chez lui.

RADOSTE, *croisant les bras.*

Monter par les fenêtres en plein jour! j'espère que c'est bien là le signe de la folie!... (*avec ironie.*) Mais quand reviendra t-il donc pour ses noces?

JEAN.

A l'en croire, il devait être ici à trois heures.

RADOSTE, *à part.*

Il faut bien que je mette ordre à cela. Trop est trop!

(*On entend frapper à la croisée.*)

JEAN, *s'avançant pour ouvrir.*

Monsieur, voilà le moment; c'est mon maître qui arrive.

(*Il ouvre la fenêtre.*)

SCÈNE III.

GUSTAVE, *en costume pour monter à cheval,* JEAN, *dans le fond,* RADOSTE.

GUSTAVE, *entrant par la fenêtre.*

Quel temps! Que tous les diables l'emportent!

JEAN.

Ah! que vous dites vrai. Que tous les diables l'emportent!

GUSTAVE.

Eh bien! dort-on encore?

JEAN.

Ce serait un fameux sommeil.

GUSTAVE.

Je suis un peu en retard.

JEAN.

Est-ce une nouvelle que vous voulez m'apprendre?

GUSTAVE.

Ah! je vois, tu n'as pas dormi ton somme.

JEAN.

Si j'eusse seulement pu fermer l'œil?

GUSTAVE, *remettant à son domestique ses gants,
sa cravache et son bonnet.*

Oui, il est vrai; depuis que je suis au monde, je n'ai jamais claqué des dents comme aujourd'hui; un vent, une pluie, un froid, c'est à ne pas mettre un chien dehors!

RADOSTE, *paraissant subitement.*

Tu étais dehors, pourtant?

SCÈNE IV.

RADOSTE, GUSTAVE.

GUSTAVE.

Ah! mon cher oncle! (*en lui baisant la main.*) eh! bonjour.

RADOSTE, *froidement.*

Je te félicite sur ton heureux retour.

GUSTAVE.

Comment! vous voilà levé?

RADOSTE.

Comment! vous ne vous êtes pas encore couché?

GUSTAVE.

Oh! il y a bien du temps!...

RADOSTE.

Le jour, cependant, est fort avancé.

GUSTAVE.

Mais! il point à peine...

RADOSTE.

Ce qui point à peine, c'est la raison dans ta tête.

GUSTAVE.

Eh bien! soit... pourvu que mon cher oncle m'aime et qu'il soit toujours en santé et en joie!... Mais que vois-je? une mine sérieuse, sévère. Allons donc, humanisons-nous un peu... (*fixant les yeux sur ceux de son oncle.*) Ah! bien; la physionomie se radoucit, le front se déride, l'œil commence à sourire... C'est ainsi que je t'aime, mon très cher oncle. (*Il le presse dans ses bras.*)

RADOSTE, *moitié attendri, moitié sermonneur.*

Mon Gustave, dis-moi donc une fois, veux-tu ou ne veux-tu pas te marier?

GUSTAVE.

Je le veux, je le veux.

RADOSTE.

Sérieusement?

GUSTAVE.

J'en brûle d'envie.

RADOSTE.

Est-ce là le vrai chemin que tu choisis pour atteindre ce but?

GUSTAVE.

Je ne sais rien du tout sur le chemin que je dois suivre.

RADOSTE.

Comment! ces échappées par la fenêtre, ces excursions nocturnes...

GUSTAVE.

Eh bien?...

RADOSTE, *impatienté.*

Comment! et la demoiselle?

GUSTAVE.

Ah! par exemple, je serai curieux d'apprendre de quel intérêt il est pour elle de savoir quand, où et comment je me couche. Si je ne dors pas, tant mieux pour elle; car, aussi long-temps que je veille, de jour ou de nuit, mes pensées et mes soupirs lui appartiennent; mais, ma foi! quand je dors, cela n'est plus guère en mon pouvoir.

RADOSTE, *d'un ton larmoyant.*

Écoute, mon Gustave; abandonne ces étourderies et réfléchis donc sérieusement une seule fois, une première fois dans ta vie. Tu es à peine, depuis quelques jours, dans une famille respectable... Eh bien! il n'y a pas de jour, que dis-je? d'heure où tu ne commettes envers elle quelque légèreté ou même quelque inconvenance qui me perce le cœur. Madame Dobroyska te protége; ce n'est pas une de ces mères qui, tout en se vouant à tous les saints pour marier leurs filles, affectent avec cela des airs hautains. Fidèle à l'amitié qu'elle portait à tes parents, à l'estime qu'elle a pour moi, madame Dobroyska ne cache point ses projets en ta faveur; mais tout est en vain, elle se donne une peine inutile; car, voilà que le jeune élégant paraît ne trouver à la campagne personne à sa hauteur, ne sait dissimuler aucun de ses petits ennuis, ne se pique aucunement de politesse, et paraît à chaque moment rappeler le grand honneur qu'il fait à la province en l'habitant. Les recoins les plus vides des toits sont habités par des moineaux, dit le proverbe; eh bien! dans ta tête il n'y a pas même un seul moineau.

GUSTAVE, *d'un air réfléchi.*

Tu as raison, cent fois raison, mon oncle; tes avis sont excellentissimes, et tu veilles sur moi d'un œil vraiment paternel. (*en l'embrassant.*) Tu es pour moi un trésor, tu es l'ami le plus cher; reçois pour tes conseils mes remercîmens les plus sincères.

RADOSTE, *ému et serrant dans ses bras son neveu.*

Mon bon, mon bien-aimé Gustave...

GUSTAVE.

Mon cher ami... mon père... tu verras comme je me corrigerai... c'est-à-dire, si tant est qu'il y ait des motifs pour changer...

Mais, à propos, devinez quel amusement...

RADOSTE.

Ah! mon Dieu! le voilà encore! Il se corrige joliment! De grace, fais donc attention et prononce toi-même s'il est convenable, s'il est décent qu'un prétendu s'échappe par la croisée de la maison de sa belle pour passer des nuits, Dieu sait où!

GUSTAVE.

Mais, mon bon petit oncle, il faut bien que je m'amuse.

RADOSTE.

Que tu t'amuses?

GUSTAVE.

Mais oui. C'est ici une maison bien respectable, on y est très bon pour moi; je crois n'y avoir manqué à personne; mais enfin je ne vois pas, jusqu'à présent, qu'on s'y amuse.

RADOSTE.

Il ne s'agit jamais pour toi que d'amusements, de plaisirs bruyants!

GUSTAVE.

Mais, dès qu'il s'agit d'ennui...

RADOSTE.

S'ennuyer avec une jolie future!

GUSTAVE.

Je ne m'ennuierai plus lorsque je l'aimerai.

RADOSTE.

Et quand cela arrivera-t-il?

GUSTAVE.

Quand je me serai marié.

RADOSTE.

Ou plutôt quand on t'aura donné ton congé.

GUSTAVE.

Oh! oh! oh! par exemple!

RADOSTE.

Mais qu'y aurait-il d'étonnant? Est-il écrit dans le livre du destin qu'Angélique sera tenue de t'épouser sans faute?

GUSTAVE.

Mon petit oncle, elle m'épousera, elle m'épousera!

RADOSTE.

Tu ferais très bien d'éviter de te donner de ces airs présomptueux.

GUSTAVE.

Est-ce être présomptueux que de voir les choses sous leur véritable face? On doit bien s'attendre à un mariage quand les deux familles le désirent à la fois.

RADOSTE.

Oui, si toutefois Angélique montre au moins un peu d'inclination pour toi.

GUSTAVE.

Sois tranquille sous ce rapport; je t'assure que tout ira bien.

RADOSTE.

Excès d'assurance nuit souvent.

GUSTAVE.

Aie toute confiance en moi... Mais c'est assez causer de bagatelles... Devine maintenant, mon cher oncle...

RADOSTE.

Ah! sans doute où tu as été cette nuit?

GUSTAVE.

Où je me suis amusé si long-temps.

RADOSTE.

Eh bien! raconte, raconte; je vois combien cela te démange.

GUSTAVE.

Nous avons assisté, masqués, à un bal bourgeois.

RADOSTE.

Quel bal?

GUSTAVE.

Au Perroquet d'Or.

RADOSTE.

Partie de cabaret?

GUSTAVE.

Masqués!

RADOSTE.

Ah! mon Dieu, mon Dieu!

GUSTAVE.

Qui est-ce qui peut blâmer cela chez un jeune homme?

RADOSTE, *ironiquement.*

Qui est-ce qui pourra ne pas louer ce beau fait?

GUSTAVE.

Certainement.

RADOSTE.

Quelle excellente école!

GUSTAVE.

Il n'y en a pas de meilleure. Sur cette petite scène, qui se croit le grand monde, et où chacun, monté sur des espèces d'échasses, le visage recouvert d'une visière baissée, mesure et calcule chacun de ses pas sur le parquet glissant, on voudrait en vain apprendre à connaître les hommes, tandis que là, où les acteurs ne prennent aucun soin des dehors, où le masque ne trompe et ne prétend tromper personne, où c'est le sentiment et non la raison qui domine, tenez prêts vos pinceaux, les modèles posent!

RADOSTE.

Tiens!... mais voilà un nouveau La Bruyère! (*d'un ton triste.*) Gustave, tu avais cependant reconnu l'utilité de mes conseils.

GUSTAVE, *sans écouter son oncle.*

Ah! une idée!

RADOSTE.

Voyons?

GUSTAVE.

Allons à ce même bal aujourd'hui.

RADOSTE.

Moi, t'y accompagner?

GUSTAVE.

Oui, oui.

RADOSTE.

Allons, tu es fou!

GUSTAVE.

Tu reviendras avant moi.

RADOSTE, *ironiquement.*

Par le chemin secret de la fenêtre, n'est-ce pas?

GUSTAVE.

Viendras-tu?

RADOSTE.

Laisse-moi donc en paix.

GUSTAVE.

Eh bien! j'irai tout seul.

RADOSTE.

Gustave, tu avais cependant reconnu l'utilité de mes conseils.

GUSTAVE, *en soupirant.*

Mais, mon très cher oncle, le mariage est déjà si prochain!

RADOSTE, *à part.*

C'est donc pour cela qu'il redouble ainsi de folies?

GUSTAVE, *d'un ton suppliant.*

C'est pour la dernière fois...

RADOSTE.

Je le vois, je ne le ferai pas changer; c'est impossible.

GUSTAVE.

Je monterai le cheval bai...

RADOSTE, *effrayé.*

Le cheval bai?...

GUSTAVE.

Je serai ici avant le jour.

RADOSTE.

Eh bien! prends plutôt ma petite carriole; laisse le cheval bai à l'écurie. *(à part.)* Ce cheval serait encore capable de lui faire casser le cou.

GUSTAVE.

C'est bien, mon oncle.

RADOSTE.

Prends aussi ma pelisse.

GUSTAVE.

C'est bien, mon oncle.

RADOSTE.

Tu cours les nuits en veste de chasse, tu peux encore gagner un fameux rhume!

GUSTAVE.

C'est bien, mon oncle. Je ferai tout ce que tu voudras. Je répète que je ne connais pas de meilleurs conseils que les tiens.

RADOSTE.

Voyez l'étourdi! Il va persuader encore à tout le monde que c'est d'après mes conseils qu'il sort par la fenêtre pour ses orgies nocturnes!

GUSTAVE.

Me conseilles-tu de rentrer par la porte?

RADOSTE.

Parlez donc avec un fou. Je te conseille d'aller te coucher.

GUSTAVE.

Me coucher?

RADOSTE.

Oui, ta pâleur fait mal à voir.

GUSTAVE.

Mais la pâleur ne gâte rien. Cela prouve des soucis amoureux; on y croit plus qu'à des paroles. Tu te rappelles comme cela m'allait l'autre matin, après ton souper?...

RADOSTE.

Mon souper?

GUSTAVE.

Certainement ton souper; car je l'ai donné. il est vrai, mais tu l'as payé.

RADOSTE.

Hélas!

GUSTAVE.

J'avais un visage si intéressant. « Ah! c'est maintenant qu'il est amoureux pour tout de bon; comme il est pâle, souffrant, comme sa passion le consume! » Voilà ce qu'on disait, n'est-ce pas? et si je n'avais trop...

RADOSTE.

Allons donc; tais-toi. Il ne te suffit pas d'être fou, il faut encore que tu me le dises. Mon conseil est que tu ailles te coucher tout de suite. Mais, mon cher, mon excellent Gustave, tâche donc de te rapprocher d'Angélique et fais des efforts pour lui plaire.

GUSTAVE.

Fort bien, mon oncle.

RADOSTE.

Fais des politesses à sa mère.

GUSTAVE.

Fort bien, mon oncle.

RADOSTE.

Mais, au nom de Dieu! et si mon amitié t'est chère encore, pense donc un peu avant que de parler; un peu de sens commun te ferait du bien, et c'est ce qui est le plus difficile. Allons, va te coucher; je vois déjà que tes yeux se ferment machinalement.

GUSTAVE.

Je vais changer d'habits.

(Il baise la main à son oncle.)

RADOSTE, *en l'embrassant.*

Rappelle-toi, Gustave...

GUSTAVE.

Oh! tu seras surpris de mon changement. et dès aujourd'hui!...

(Il sort par la porte de gauche.)

RADOSTE, *en le suivant des yeux, d'un ton sérieux.*

Je me corrigerai; c'est toujours cela. Tu

seras surpris ; oui... c'est tous les jours la même chose... (*emporté par le sentiment.*) Mon pauvre garçon !

SCÈNE V.

RADOSTE, ALBIN, *un mouchoir à la main, et l'air sentimental.*

RADOSTE.

Monsieur Albin, qu'est-ce qui vous amène de si bonne heure en ces lieux ?

ALBIN.

Hélas !

RADOSTE.

Toujours des soupirs, et des soupirs douloureux !

ALBIN.

Ah ! comment ne pas soupirer, quand je me noie dans le chagrin, quand je compte par mes larmes tous les instants de la nuit ?

RADOSTE.

Je vous conseille de dérider une fois votre front. Ne soyez pas fou comme Gustave, mais tâchez de mettre de la gaîté dans votre amour. Vos élégies et vos plaintes amoureuses ne peuvent jamais conquérir le cœur d'une jeune fille qui, comme Clara, est vive comme une étincelle, soupire à peine quand elle bâille, n'aime pas les goûts tranquilles, ne saurait long-temps garder le silence, et, gaie par caractère, se trouve toujours mue par un esprit de contradiction vis-à-vis de quelqu'un dont elle craint d'avoir peut-être à partager la tristesse.

ALBIN.

Ah ! comment aimer et ne pas verser des pleurs ! (*Après un moment de silence.*) Deux ans s'écoulent depuis que les charmes de Clara ont éveillé en moi un amour sans bornes. Il n'y a pas de jour que je ne lui adresse les regards les plus tendres ; je ne fais que soupirer et verser des pleurs devant elle ; j'aurais, je crois, amolli déjà une pierre ; eh bien ! je ne puis parvenir à amollir son cœur !

RADOSTE.

Si vous gémissez pendant un siècle entier, cela ne vous avancera en rien.

ALBIN.

Hélas !

RADOSTE.

Que voulez-vous donc faire ?

ALBIN.

Ce que je veux ? mourir de désespoir.

RADOSTE.

Mais peut-être elle vous aime.

ALBIN.

Elle m'aime ! ah ! j'en mourrais de joie !

RADOSTE.

Eh bien ! faites sonner de bonne heure le glas.

ALBIN.

Je pleure et vous plaisantez ?

RADOSTE.

Pourquoi ne plaisanterions-nous pas tous les deux ?

ALBIN.

Écoutez-moi plutôt et ne me martyrisez plus de vos ordres inexécutables. J'avais cru que la constance du sentiment le plus pur pourrait adoucir chez Clara cette haine calculée qu'elle porte dans son ame contre tous les hommes, cette haine dont elle prétend se glorifier encore ; hélas ! ce n'était là qu'une erreur, une espérance illusoire, et son cœur se glace à mesure que le mien s'enflamme davantage !

RADOSTE.

Adieu.

ALBIN.

Mais où allez-vous ?

RADOSTE.

Chez moi.

ALBIN.

Vous n'avez donc aucune pitié de moi ? vous m'abandonnez ainsi dans mon malheur ?

RADOSTE.

J'ai besoin d'aller à la maison pour un moment... (*regardant à sa montre.*) Mais il est, je crois, déjà trop tard ; oui, il est trop tard. Voilà ce que c'est que d'avoir affaire à un étourdi chez qui tout se fait attendre comme l'arrivée du bon sens dans sa tête.

ALBIN, *saisissant Radoste par la main.*

Attendez, il faut que je vous communique un affreux mystère.

RADOSTE.

Dieu ! qu'est-ce donc ?

ALBIN.

Je vais vous expliquer la chose tout entière.

RADOSTE.

Albin, vous m'effrayez !

ALBIN.

Vous garderez le secret, j'espère.

RADOSTE.

Allons, parlez.

ALBIN.

Clara et Angélique ont fait un vœu... écoutez et pleurez, un vœu de ne jamais se marier !...

RADOSTE, *s'empêchant à peine de rire.*

Sérieusement ?

(Sur un signe affirmatif d'Albin, Radoste part d'un grand éclat de rire.)

ALBIN.

Comment, vous n'en faites que rire?

RADOSTE.

Je ris, car je n'y crois pas.

ALBIN.

Je vous garantis ce que je viens de dire.

RADOSTE.

D'où le savez-vous?

ALBIN.

De source certaine

RADOSTE.

Dieu fasse qu'il en soit ainsi! *(à part.)* Cet aiguillon parviendrait peut-être enfin à réveiller Gustave, — s'il croyait seulement... *(à Albin.)* Je vous remercie pour la bonne nouvelle.

ALBIN.

Bonne nouvelle! une nouvelle qui me fait mourir!

RADOSTE.

Vous n'en mourrez pas; nous vivrons tous.

ALBIN.

Vous riez toujours.

RADOSTE.

Et vous, si vous ne pleuriez pas tant, votre sort deviendrait plus heureux.

(Il sort par la porte du fond.)

ALBIN.

O amour! amour! source de mes tourments, je ne puis te maudire, car les pleurs même que tu me fais verser ne sont pas pour moi sans charmes! Mais, Clara, quand me répondras-tu par des sentiments pareils aux miens? quand est-ce que nos larmes se confondront ensemble? Oh! Clara! Clara! Clara!

SCÈNE VI.

ALBIN, ANGÉLIQUE, CLARA.

CLARA *s'avance sur la pointe du pied jusque près d'Albin et tout à coup l'aborde en chantant le refrain suivant :*

Une fois, deux fois, trois fois:
A une sommation si énergique,
Répétée encore à trois reprises,
Même les esprits célestes,
Par une obéissance filiale,
Quittent leurs régions supérieures
Pour se présenter devant leur maître.
Puis-je retarder ma venue?
Me voilà, me voilà, me voilà!

ALBIN, *baisant la main de Clara.*

Ah!

CLARA.

Rien de plus?

ALBIN.

Ah! cela dit tant! *(Clara rit.)* Mais tu ne fais toujours que te moquer de l'amour.

CLARA, *en riant.*

Moi, m'en moquer? Dieu m'en préserve!

ALBIN.

Ton cœur est insensible.

CLARA.

Ajoutez féroce.

ALBIN.

Nul n'a pu le toucher.

CLARA.

Il est vrai que ce n'est pas donné à tout le monde.

ALBIN.

J'aime si profondément!

CLARA.

Moi, ce n'est pas de même.

ALBIN.

Je verse tant de larmes!

CLARA.

Je ris si franchement.

ALBIN.

Cruelle! tu n'apprendras à me connaître qu'après m'avoir perdu!

CLARA.

Cruelle! barbare! hélas! oh! cieux!!! *(à Angélique.)* Fuyons; l'amour est ici en sentinelle; fuyons vite; il ne faut pas trop se fier à nos forces.

(Elle chante.)

Car là où l'amour tend ses filets
Ne jouez pas, mes enfants;
Il n'y a pas de jeu avec l'amour
S'il vous atteint il vous enchaîne.

C'est là ce que me chantait ma bonne grand'mère. Aussi, tant qu'il en est temps, je m'échappe!

ALBIN.

Reste, cruelle! c'est moi qui vais te délivrer de cet aspect sombre et triste qui trouble sans doute tes plaisirs. Ah! si mes tourments font tes délices, jouis-en à ton aise; tous les coups ont porté, et je n'ai plus d'autre consolation que la conscience de n'avoir jamais mérité les mépris dont tu m'accables en ce moment.

ANGÉLIQUE.

Monsieur Albin, mais qui est-ce qui prend les choses tellement au sérieux? Restez donc avec nous; ce n'étaient que des plaisanteries.

CLARA.

Ce que j'ai dit, je l'ai dit du fond du cœur.

ALBIN.

Je me garde bien d'en douter.

CLARA.

On est digne d'éloges quand on croit les
gens sur parole.

ALBIN.

On est très digne de pitié quand on aime
Clara, car on finit par ne plus croire à la
pitié.

(Il sort par la porte de droite.)

SCÈNE VII.

ANGÉLIQUE, CLARA.

ANGÉLIQUE.

Écoute ; irriter, tourmenter quelqu'un de
la sorte, c'est vraiment trop fort.

CLARA.

Eh bien ! veux-tu que je l'épouse ?

ANGÉLIQUE.

Je ne dis pas cela ; mais enfin la pitié
pourrait adoucir l'amertume de son sort,
pourrait l'éclairer sur les raisons des refus
qu'il éprouve.

CLARA.

A quoi bon ? Qu'il aime, pleure, gémisse
et se meure comme il l'entend.

ANGÉLIQUE.

Je ne le voudrais pas ; et toi, tu n'es pas
si cruelle.

CLARA.

Je méprise l'amour, et ma résolution est
inébranlable.

ANGÉLIQUE.

Mais on trouve une voie plus douce. Tu te
sers de mots, là où il te suffirait d'un geste.

CLARA.

Ah ! je vois ; il me faut donc, après trois
révérences respectueuses, en chiffonnant
mon tablier et en rougissant d'une oreille
à l'autre, prier lamentablement monsieur
Albin d'agréer sans rancune ma réponse,
réponse, hélas ! aussi peu flatteuse pour lui
que pour tout son sexe.

ANGÉLIQUE.

Eh ! très certainement ; cela vaudrait encore mieux que de toujours répéter en sa
présence combien son amour, ainsi que sa
personne, te conviennent et t'amusent peu.

CLARA.

Crois-moi, Angélique, tout cela suffit à
peine. Tu ne saurais croire combien les
hommes ont le cœur dur, comme leurs bles-
sures se cicatrisent en un moment, et puis
comme ils ne font que s'en énorgueillir.
Plus les hommes rencontrent de difficultés,
plus ils s'opiniâtrent ; rien n'abat et n'hu-
milie leur amour-propre. Injurie-les, montre-
leur ton mépris et ta haine, ils sauront ex-
ploiter encore à leur profit tous ces affronts,

jusqu'à ce que, le plus souvent, la pauvre
femme, perdant la patience et la raison, ré-
duite par l'ennui et l'espèce de siége qu'on
lui fait subir, finisse par céder et se rendre à
discrétion.

ANGÉLIQUE.

A quoi bon me parler de tout ce que je
connais si bien ! Je sais apprécier les hommes, cette espèce de crocodiles qui se font
souples et nous guettent jusqu'à ce qu'ils
aient surpris notre confiance et puissent la
trahir. Mais, parce qu'ils sont si méchants,
faut-il que nous le soyons aussi ?

CLARA.

Ah ! les femmes n'ont été bonnes que trop
long-temps ! Qu'en est-il résulté ? un sujet
de joie pour les hommes, une source d'amers
chagrins pour nous. Tu te rappelles ce livre ?...

ANGÉLIQUE.

Oh ! oui ! *La vie perfide du mari de Clo-
rinde !*

CLARA, *avec enthousiasme.*

Comment ! la crainte de faire souffrir un
seul homme l'emporterait chez toi sur le devoir de la vengeance que nous avons à exercer contre tous ? Que souffrira-t-il, sinon de
n'avoir pas atteint le but qu'il s'est proposé ?
Et nous, n'avons-nous pas aussi notre but,
celui de ne jamais avoir de maris ! Devons-
nous le proclamer tout haut et imprudem-
ment, pour ôter à tous leur espoir et ména-
ger par-là leur amour-propre ! Oh ! non,
messeigneurs ; vous qui aimez tant à vous
vanter de vos succès, courbez vos fières têtes, et que chacun à son tour subisse les ri-
gueurs de nos dédains.

ANGÉLIQUE, *avec feu.*

Soupirez donc tous !

CLARA, *de même.*

Soyez tous amoureux de moi !

ANGÉLIQUE.

Pourquoi donc de toi ?

CLARA.

Pour ne gémir qu'en vain.

ANGÉLIQUE.

Mon cœur ne les favorisera pas davantage.

CLARA.

Angélique, donne-moi la main. Répétons
ici ces vœux si glorieux pour nous, si funestes pour eux.

CLARA *et* ANGÉLIQUE, *se tenant par la main,*
d'une voix solennelle.

Je jure, par la constance inébranlable de
la femme, de haïr tous les hommes et de
n'en n'épouser aucun.

ANGÉLIQUE.

Mais... haïr tous les hommes, excepté cependant mon oncle !

CLARA.

Et mon père.

ANGÉLIQUE.

Et mes cousins germains.

CLARA.

Et M. Jean...

ANGÉLIQUE.

M. Charles...

CLARA.

—Et le petit Joseph...

ANGÉLIQUE.

Casimir, Stanislas...

CLARA.

Assez, assez.

ANGÉLIQUE.

On ne pèche jamais par trop de prudence. *(après un moment de silence.)* Ainsi, il ne nous est plus permis d'aimer?

CLARA.

Nous serons l'amante l'une de l'autre.

ANGÉLIQUE, *pensive.*

Oui, nous vivrons l'une pour l'autre. Ce sera très exemplaire. Mais, dis-moi, Clara, éclaircis-moi bien cela; les hommes n'aiment-ils jamais sincèrement?

CLARA, *avec un peu d'hésitation.*

Jamais, oh! jamais, sans aucun doute!

ANGÉLIQUE.

Pourquoi donc feignent-ils ainsi?

CLARA.

Pourquoi? je n'en sais rien; mais je me rappelle bien ce que j'ai lu. « L'amour est le pire de tous les accidents; s'il menace de t'atteindre, cours vite te jeter à l'eau! »

ANGÉLIQUE.

A l'eau! Clara; un peu de pitié! c'est trop fort !

CLARA.

Je te le dis comme je l'ai lu.

ANGÉLIQUE.

Mais c'est donc bien mal que tant de femmes aiment et qu'aucune ne se noie?

CLARA.

Que veux-tu? leur esprit est enchaîné à des idées d'avenir. Elles ne vivent que pour le ciel, elles n'aiment que par pénitence.

ANGÉLIQUE.

O hommes !

CLARA.

C'est l'enfer qui vous a créés !

ANGÉLIQUE.

Et il n'y a pas de pays où il ne s'en trouve !

CLARA.

Que dis-tu de M. Gustave, notre bijou de Varsovie?

ANGÉLIQUE.

Oh! celui-là ne se donne pas même la peine de rien feindre avec nous !

CLARA.

S'il dit un mot, c'est déjà une grande grace.

ANGÉLIQUE.

Il veut se marier parce qu'il lui arrive de s'ennuyer; mes oreilles, au moins, n'auront pas à souffrir de ses gémissements!

CLARA.

Pour moi, cela ne m'arrangerait pas. Que tous ceux qui se mêlent d'aimer trouvent leur châtiment dans l'amour même.

ANGÉLIQUE.

Ah! si l'on pouvait croire à l'amour, y aurait-il un plus grand bonheur au monde?

CLARA.

Nous éprouvions ce bonheur autrefois, tu te rappelles, lorsque nous lisions...

ANGÉLIQUE.

Je ne me rappelle plus rien; dès qu'on touche à ce sujet, ma tête n'y est plus.

SCÈNE VIII.

MADAME DOBROYSKA, ANGÉLIQUE, CLARA, ALBIN.

(Albin s'appuie sur une table et fixe en soupirant des regards mélancoliques sur Clara.)

MADAME DOBROYSKA, *survenant et s'adressant à Albin.*

Qui s'aime se querelle, c'est un vieux proverbe !

CLARA, *baisant la main à sa tante.*

Ma bonne tante s'est donc querellée?

MADAME DOBROYSKA.

Qu'est-ce qui te passe par la tête?

CLARA.

Mais rien.

MADAME DOBROYSKA.

Oh! je ne me trompe pas !

CLARA.

Quoi donc?

ANGÉLIQUE.

Mais je t'assure, maman, que Clara est souvent très raisonnable.

CLARA.

Angélique aussi.

ANGÉLIQUE.

Nous sommes toujours d'accord.

CLARA.

Nous nous donnons mutuellement des conseils.

MADAME DOBROYSKA.

Eh bien! puisque voilà deux fortes têtes qui tiennent conseil, j'espère que la raisonnable Clara fera remarquer à la raisonnable Angélique que la politesse n'est de trop nulle part et surtout dans la maison de ses parents: et Angélique, à son tour, fera sans doute comprendre à Clara qu'on peut être indifférente sans être railleuse.

CLARA, *faisant une révérence à Albin.*

Mille remercîments, monsieur Albin.

ANGÉLIQUE, *s'adressant à sa mère.*

Faut-il donc que je fasse la cour à M. Gustave ?

MADAME DOBROYSKA.

Non ; mais vous pouvez vous dispenser de lui montrer votre mauvaise humeur.

(Madame Dobroyska et Angélique se placent auprès d'une table à ouvrage et commencent à travailler.)

ANGÉLIQUE.

M. Gustave ne nous voit même pas.

CLARA.

Il est aveugle et muet.

ANGÉLIQUE.

Dois-je le supplier d'avoir un peu plus de bontés pour moi ?

CLARA.

Devons-nous jaser lorsqu'il se tait, l'amuser quand il s'ennuie ?

ANGÉLIQUE, *avec ironie.*

Et puis, quel amusement peut offrir la province ?

CLARA.

Quelle conversation peut-on avoir avec des campagnardes ?

ANGÉLIQUE.

Il faut se rejeter sur la pluie et le beau temps.

CLARA.

L'esprit de la capitale nous éblouirait peut-être.

ANGÉLIQUE.

Aussi, par pitié, le couvre-t-il d'un voile épais.

CLARA.

C'est encore par pitié que, quoique à moitié endormi, il songe à se choisir une femme.

MADAME DOBROYSKA.

Je sais, mes belles dames, que vous croirez avoir raison parce que vous avez parlé plus que moi.

ANGÉLIQUE.

Mais, chère maman, que devons-nous faire enfin ?...

CLARA.

Lorsque, étendu nonchalamment sur un sopha, M. Gustave entr'ouvre à peine ses lèvres et dort encore d'un œil, devons-nous chanter à ses pieds quelque ariette légère, ou danser autour de lui une guirlande à la main ?

(En disant cela elle fait quelques pirouettes, un mouchoir à la main ; Albin se précipite sur un fauteuil, qui lui paraît être sur le chemin de Clara.)

ALBIN.

Ah ! Dieu !

CLARA.

Quoi ?

ALBIN.

Ce fauteuil aurait pu...

CLARA, *en colère.*

Je vois qu'avec vous, monsieur, on n'a pas même la liberté de se heurter contre une chaise !

ALBIN.

Hélas !

ANGÉLIQUE, *à sa mère.*

Clara n'a-t-elle pas raison ?

MADAME DOBROYSKA, *en riant.*

Ce sont des riens... Mais, je vous le répète, ce n'est pas par des ariettes et des pas de ballets, mais par la politesse et la modestie, que vous parviendrez à plaire.

CLARA, *avec ironie.*

Certainement ; n'y a-t-il pas ici un tribunal suprême qui saura prononcer sur notre mérite ? Radoste, Albin, Gustave, voilà bien trois hommes ; c'est, d'après les lois humaines, tout ce qu'il faut pour porter un jugement suprême. Notre raison féminine, faible don des cieux, qui n'ose même se mesurer avec la raison des hommes, à quoi pourrait-elle leur servir, à eux, arbitres de l'honneur, maîtres de l'univers et trésoriers de toute sagesse ? Nos sentiments même ne sauraient jamais s'élever à la hauteur de l'ame sublime des hommes et seraient toujours à leurs yeux entachés de l'imperfection originelle !

MADAME DOBROYSKA.

Il ne faut pas s'effrayer toujours de ce qui peut nous effrayer quelquefois. Les hommes ont leurs défauts comme les femmes ; le bon sens ne reconnaîtra de supériorité qu'à celui des deux sexes qui sera le plus sévère pour soi et le plus indulgent envers l'autre.

SCÈNE IX.

MADAME DOBROYSKA, ANGÉLIQUE, CLARA, ALBIN, GUSTAVE.

(Les femmes sont assises auprès de la table à ouvrage ; Gustave, après les avoir saluées, s'assied un peu en avant d'elles, presque au milieu de la scène. Il paraît distrait et préoccupé de sa toilette.)

GUSTAVE.

Enfin la pluie a cessé, le ciel s'éclaircit.

CLARA.

En effet, le temps devient très beau. (*a Angélique.*) J'espère que j'amuse mon monde très poliment; à présent, à ton tour, Angélique.

MADAME DOBROYSKA, *à Clara, avec humeur.*

Tu recommences déjà? (*à Gustave.*) Mais Albin faisait observer qu'il y a de nouveaux nuages qui menacent.

ALBIN.

Pour moi il y a toujours des nuages, même des sombres nuages, et toutes mes espérances s'éteignent dès que je vois Clara se réjouissant de ma tristesse.

CLARA, *avec humeur.*

Mais je ne me réjouis pas du tout, je suis plutôt triste aussi...

GUSTAVE, *avec un air distrait.*

Ces dames travaillent?

CLARA.

Les hommes font peu de cas de ces travaux; c'est là cependant notre meilleure défense contre les ennuis si fréquents à la campagne.

MADAME DOBROYSKA, *à Clara.*

Est-ce que tu t'ennuies?

CLARA.

S'agit-il donc de moi?

GUSTAVE.

C'est avouer sa faiblesse que de songer à se défendre.

CLARA.

Faut-il donc ne penser qu'à soi seul?

GUSTAVE, *jetant un regard sur Albin.*

Oui; il faut aussi songer à ses proches; c'est fort bien.

CLARA, *en s'animant.*

Proche ou non, chacun peut se trouver ennuyé.

ANGÉLIQUE, *s'adressant à part à Clara.*

Brise là-dessus, de grace!

GUSTAVE, *toujours d'un ton insouciant.*

C'est donc un conseil qui s'adresse à tout le monde?

CLARA.

Il n'y a jamais assez de bons conseils...

GUSTAVE, *en l'interrompant.*

Pour les enfants gâtés.

CLARA.

Je vois de quel côté il faut que je me retourne.

GUSTAVE.

Du côté du miroir.

MADAME DOBROYSKA.

Clara ne saurait engager une conversation calme. Le moindre souffle l'anime à l'excès.

GUSTAVE.

Je vous assure, madame, que tout cela m'amuse assez.

CLARA, *piquée au vif.*

Quoi! vraiment? Ah! je n'aurais jamais deviné que mes discours pussent produire

un miracle! (*à Albin.*) Mais ne me poursuivez donc pas ainsi de vos regards.

ALBIN, *en soupirant.*

As-tu le cœur de me le défendre.

CLARA.

Ah! c'est dépasser toutes les bornes! (*à Angélique.*) S'il clignotait seulement une fois, je pourrais faire une belle grimace à l'autre.

MADAME DOBROYSKA.

Monsieur Gustave pourrait s'étonner, et à juste titre, que notre solitude de province possède encore des charmes pour qui que ce soit, surtout dans cette saison.

GUSTAVE, *traînant les paroles.*

Mais non, bien au contraire... je ne m'étonne nullement. La campagne est agréable, (*Il dissimule un bâillement.*) vraiment agréable...

CLARA, *à part, à Angélique.*

Vois-tu?

ANGÉLIQUE.

Quoi?

CLARA.

Comme il bâille.

ANGÉLIQUE.

C'est galant.

CLARA.

Ma tante dira: Voilà la vraie politesse... (*en rencontrant le regard de madame Dobroyska.*) de louer quelque chose contre ses propres goûts.

GUSTAVE, *parlant de plus en plus lentement.*

Mais non, la campagne a ses charmes... Je le dis franchement. (*Il bâille en secret.*)... au printemps ce sont des fleurs, des feuilles, des gazons frais... l'été... mais il y a les moissons... l'automne... (*ici un bâillement moins étouffé.*) aussi, il y a, il y a... quelque chose; et puis l'hiver, les soirées, oui, les soirées... ce sont des plaisirs dans toutes les saisons..

(*Il bâille de nouveau et le sommeil commence à le gagner.*)

MADAME DOBROYSKA.

Nous portons en nous-mêmes les causes de nos plaisirs et de nos ennuis. Si nos heures se traînent au sein de l'inaction, si nous ne savons pas régler notre temps par l'accomplissement successif de nos devoirs; si même, au milieu d'un tourbillon d'affaires et de plaisirs, nous soupirons toujours après de nouvelles situations et de nouvelles connaissances, alors la ville comme la campagne finiront par nous ennuyer. Mais notre espoir ne sera sans doute pas déçu, et monsieur Gustave trouvera bien le moyen de s'amuser parmi nous.

CLARA, *après un moment de silence ; à voix très basse.*

Ma tante... (*en montrant Gustave endormi.*) Il s'amuse déjà !

MADAME DOBROYSKA.

Ah ! par exemple !

CLARA.

Allons-nous-en tous.

ANGÉLIQUE.

Et laissons-le seul.

ALBIN.

La nuit même je ne dors jamais comme cela.

MADAME DOBROYSKA.

C'est en effet trop fort.

CLARA.

Sortons...

MADAME DOBROYSKA.

Mais...

ANGÉLIQUE, *s'emparant d'une main de sa mère.*

Je te prie, maman...

CLARA, *s'emparant de l'autre main de madame Dobroyska.*

Je présente aussi ma supplique au nom de M. Gustave ; le proverbe dit qu'on dort comme on s'est couché ; il vient de choisir ce lit, qu'il y repose donc à son aise... (*a Albin avec impatience.*) Allons sortez donc, monsieur, vite... pst... lentement !

[*Tous sortent —Un moment après survient Radoste, qui jette un triste regard sur Gustave et s'assied dans la chaise que vient de quitter madame Dobroyska.*)

SCÈNE X.

GUSTAVE, RADOSTE.

RADOSTE, *avec un accent douloureux.*

Gustave, Gustave, cruel Gustave !

GUSTAVE, *croyant reprendre la conversation avec madame Dobroyska.*

Oui, madame, je m'amuse à la campagne.

RADOSTE, *éclatant de rire.*

Je me vois forcé de rire au moment où j'allais gronder le plus fort.

GUSTAVE, *étonné, se lève et regarde autour de lui.*

Je viens de faire un petit somme.

RADOSTE, *ironiquement.*

Comment donc... mais pas du tout.

GUSTAVE, *avec mécontentement.*

J'ai dormi, j'ai dormi, il n'y a pas à dire !

RADOSTE, *imitant la voix de Gustave.*

« Ah ! mon oncle, tu t'étonneras en voyant comme je vais me corriger aujourd'hui ! » Oui, je m'étonne vraiment que tu aies si bien dormi, si heureusement ronflé.

GUSTAVE, *avec humeur.*

J'ai dormi, il est vrai ; mais, d'un autre côté, ce n'est pas le bruit du canon, c'est le son des flûtes, la magie des voix féminines qui seules peuvent assoupir un amant.

RADOSTE.

Son de flûtes, voix féminines... tu t'imagines peut-être qu'il y aura quelqu'un pour le croire. Au nom de Dieu, jeune homme, ne sois donc pas ainsi pour moi une source de vraies calamités ! En vain je te poursuis de mes prières et de mes raisonnements. Dis-moi donc, ton cœur est-il tout-à-fait glacé ? Tu dors près d'une amante comme si elle était déjà ta femme.

GUSTAVE, *repoussant le fauteuil avec humeur.*

Le diable m'a poussé dans ce maudit fauteuil... Je m'y suis trouvé si commodément... Je ne sais plus comment le sommeil s'y est emparé de moi.

RADOSTE.

Et tu veux te marier ? C'est une nouvelle manière de faire sa cour. Si tu as envie de dormir, continue !

GUSTAVE.

Mais, mon petit oncle, c'était bien sans le vouloir.

RADOSTE.

Ah ! par exemple, tu aurais dû sans doute dire encore auparavant bonsoir à toute la compagnie.

GUSTAVE.

Mais, mon cher oncle, ne ridez pas ainsi votre front. Je vais mettre tout de suite un terme à tous ces malheurs.

RADOSTE, *en l'arrêtant.*

Quoi, où, comment ?

GUSTAVE.

Je veux tout réparer dignement.

RADOSTE.

Gustave, mon petit Gustave, ne me fais donc plus déshonneur. Sois raisonnable huit jours, huit jours seulement !

GUSTAVE.

Je le serai quinze.

RADOSTE.

Je t'en conjure, pour ton propre bien.

GUSTAVE.

Cher oncle, je mérite ton blâme, ta colère ; je sais apprécier, je sens tout ce qu'il y a de paternel dans tes avis ; merci, mille fois merci, mon cher oncle !

(*Il l'embrasse.*)

RADOSTE, *ému.*

Mon cher Gustave... (*Après une pause.*) Mais je crains beaucoup que tu ne m'adresses des compliments et puis que tu ne continues comme par le passé...

GUSTAVE.

Non, à présent je suis sincèrement amoureux, je vais rivaliser avec Albin lui-même.

RADOSTE, *l'arrêtant.*

Attends donc. Tu t'attireras un nouvel embarras; on ne prendra ton changement subit que pour une moquerie.

GUSTAVE.

Non, je ne soupirerai qu'une seule fois par
demi-heure. Quant aux regards, j'en use-
rai, je sais comment. On ne m'en blâmera
pas. Je connais la vraie manière... (*plus bas
et prenant le bras de Radoste.*) C'est celle que
mon oncle a employée vis-à-vis de madame...

RADOSTE, *lui faisant signe de se taire.*

Allons donc, tu es toujours fou.

GUSTAVE.

Mais ce qui est pire, ce qui m'afflige un
peu, c'est que la demoiselle a l'air de ne faire
absolument aucune attention à moi.

RADOSTE.

Ah! mon cher Gustave, c'est une femme
et non pas une maîtresse que tu cherches?
Voudrais-tu qu'on te poursuivît d'œillades
tellement prolongées qu'elles eussent l'air
d'un défi, qu'on t'adressât un regard et un
soupir qui signifieraient clairement : Je suis
prête à t'épouser?...

GUSTAVE.

Non, je veux, quoique censé étourdi...

RADOSTE.

Censé?

GUSTAVE.

Je veux avoir une femme vertueuse.

RADOSTE.

Qui est-ce qui en doute?

GUSTAVE.

Et si je ne sentais pas le mérite d'Angélique... (*Radoste enchanté lui tend les bras.*) certes vous ne me reverriez plus ici.

RADOSTE, *l'embrassant.*

Quel bon génie vient de parler par ta
bouche !

GUSTAVE.

Eh bien ! n'est-ce pas, je sais être raisonnable en cas de besoin ?

RADOSTE.

Dieu veuille que cela dure seulement...

GUSTAVE.

Je vais courir, chanter...

RADOSTE, *l'arrêtant.*

Mais ce n'est pas cela...

GUSTAVE, *l'interrompant et l'embrassant.*

Tu seras surpris de mon changement aujourd'hui.

(*Il fait tomber involontairement la tabatière de
Radoste, renverse une chaise, et sort.*)

RADOSTE, *en courant après lui.*

Mais attends, aie donc pitié... ah! mon
Dieu, Gustave !

ACTE DEUXIÈME.

SCÈNE I.

MADAME DOBROYSKA, RADOSTE.

MADAME DOBROYSKA.

Oui, monsieur Radoste, je partage vos
peines, mais votre Gustave ne me plaît pas
du tout; car ce qui m'est le plus difficile de
pardonner à la jeunesse, c'est un amour-
propre qui l'aveugle au point de lui faire
refuser aux autres ce qui leur est dû.

RADOSTE.

Gustave n'a pas ce défaut.

MADAME DOBROYSKA.

Il n'a que des qualités et aucun défaut,
n'est-ce pas ?

RADOSTE.

Ah! il en a, il en a certainement.

MADAME DOBROYSKA.

Quels sont-ils donc ?

RADOSTE.

L'étourderie, une gaîté déplacée, une certaine folie en un mot.

MADAME DOBROYSKA.

Je ne vois pas en lui un étourdi...

RADOSTE.

Ah! madame, ne parlons plus de ce qui
lui manque; je ne veux pas le contester.
Mais Gustave a un cœur excellent, une tête
bien organisée; la folie disparaîtra, les qualités resteront et deviendront une garantie
de bonheur pour sa femme et ses enfants.

MADAME DOBROYSKA.

Vous ne voyez jamais en lui que le bon
côté.

RADOSTE.

Je l'aime comme un fils... (*d'un ton triste.*)
Mais je vois... je suis le seul.

MADAME DOBROYSKA.

Il n'y a pas en cela de ma faute.

RADOSTE.

Angélique aussi lui fait mauvaise mine.

MADAME DOBROYSKA.

Certes, elle a ses raisons.

RADOSTE.

Pauvre Gustave, tout le monde crie haro
sur lui !

MADAME DOBROYSKA.

Et ce sommeil? était-ce une étourderie?
Non! c'était un manque d'égards impardon-
nable!

RADOSTE.

Ah! est-ce que je ne l'ai pas réveillé?

MADAME DOBROYSKA.

Comment juger la manière dont, après
cela, il est arrivé chez nous tout-à-coup, en
vrai fou? Que faisait-il? Vous étiez présent?

RADOSTE.

Ah! ne lui ai-je pas fait assez de signes?

MADAME DOBROYSKA.

J'aime la gaîté dans le jeune âge, lorsqu'elle est franche; on l'accueille avec in-
dulgence, même quand elle dépasse certaines
bornes; mais une gaîté jouée n'a droit à aucune faveur et ce n'est que celle-là qui a oc-
casionné aujourd'hui les folies de Gustave.

RADOSTE.

Les folies! Oui, il était fou, il n'y a pas à
dire. Mais, quelquefois, c'est la timidité, le
manque d'assurance qui nous jettent dans
ces folies-là. Il est trembleur, indécis; en un
instant le voilà qui part comme ce cheval ré-
tif qui tout-à-coup prend le mors aux dents
et ne connaît plus ni haies ni fossés! Très
souvent c'est le cas de Gustave.

MADAME DOBROYSKA, *dissimulant une envie
de rire.*

Comment, c'est donc par timidité...

RADOSTE.

Je vous le garantis, madame.

MADAME DOBROYSKA.

Oh! c'est excellent (*Elle rit.*) Voyez ce
pauvre petit Gustave, qui ne sait pas même
compter jusqu'à trois.

(*Elle rit.*)

RADOSTE, *embarrassé.*

Mais, il est aussi hardi, j'avoue... sérieusement... Je ne sais plus que faire...

MADAME DOBROYSKA.

Il faudrait le mener d'une autre manière.
Entre nous soit dit, le cher Gustave fait de
son oncle tout ce qu'il veut.

RADOSTE.

Oh! oh! oh! il n'y a pas de jour qu'il ne
soit obligé d'entendre quelque réprimande
bien conditionnée.

MADAME DOBROYSKA.

C'est connu. Mais vous grognez, et il ne
vous écoute pas.

RADOSTE.

Si vous saviez comme il me remercie pour
mes avis! Mais voulez-vous que je vous parle
aussi franchement? eh bien! c'est vous, madame, qui gâtez vos demoiselles.

MADAME DOBROYSKA.

Vraiment?

RADOSTE.

Oui.

MADAME DOBROYSKA.

Mais songez-y donc...

RADOSTE.

Oui, j'y ai songé, et il en est ainsi.

MADAME DOBROYSKA.

Elles tremblent devant moi.

RADOSTE, *avec ironie.*

Certainement.

MADAME DOBROYSKA.

Si vous les aviez vues aujourd'hui encore,
tout en larmes...

RADOSTE.

Eh bien! quoique je sois un zéro, et Gustave un si grand coupable, au moins il ne me
cache rien.

MADAME DOBROYSKA.

Que veulent dire toutes ces réticences?
S'agit-il d'Angélique ou bien de Clara?

RADOSTE.

Hum! hum!

MADAME DOBROYSKA.

Allons, dites...

RADOSTE.

Certains vœux...

MADAME DOBROYSKA.

Ah! c'est un enfantillage que je devine,
mais que je fais semblant d'ignorer. Vous
savez qu'elles ont long-temps habité toutes
les deux la maison de la mère de Clara; eh
bien! l'aspect d'un ménage peu heureux, la
lecture de quelques sots livres et les discours singuliers de mon beau-frère ont
fait germer dans leurs jeunes têtes cette
haine pour les hommes dont elles aiment
tant à se vanter. Mais ce sont des idées qui
changeront d'elles-mêmes et qui n'ont jamais pénétré dans leurs ames.

RADOSTE.

Je ne dis pas que cela ne change, mais c'est
toujours fâcheux pour Gustave.

MADAME DOBROYSKA.

Au reste, j'aime mieux voir chez elles trop
peu que trop de sentiment.

RADOSTE, *baisant affectueusement la main de
madame Dobroyska.*

Ah! madame, vous n'êtes pas de cet avis!

MADAME DOBROYSKA.

C'est bien toujours l'ancien Radoste!

RADOSTE.

Oui, je m'en fais gloire!

MADAME DOBROYSKA.

Allez donc caresser votre cher petit Gustave.

(*Elle sort.*)

RADOSTE.

Oh! je vais le caresser comme il le mérite!

SCÈNE II.

RADOSTE, *seul*.

Qu'est-ce que je vais donc faire avec ce diable de jeune homme? Si je pouvais le faire lier comme un mouton et le traîner ainsi devant l'autel nuptial! eh bien! je suis persuadé que j'assurerais son bonheur ainsi que celui d'Angélique. Mais, avoir affaire à un étourdi ou essayer de saisir une anguille, c'est la même chose; tantôt vous les tenez, tantôt ils vous échappent, et, ce qui ne vous manque jamais, c'est le désappointement et la fatigue.

SCÈNE III.

RADOSTE, GUSTAVE.

GUSTAVE.

Eh bien! mon cher oncle, n'est-il pas vrai? me voilà bien corrigé?

RADOSTE.

Oui, si je ne le voyais pas de mes yeux, je ne pourrais le croire.

GUSTAVE.

Seulement cette petite Angélique me donne encore un peu de fil à retordre.

RADOSTE.

Quel ton de familiarité tu prends là! on s'imaginerait qu'il s'agit déjà d'un couple amoureux.

GUSTAVE.

Elle me boude.

RADOSTE.

Comment? cette petite Angélique ose...

GUSTAVE.

Mais plus nos plaisirs sont rares, plus ils acquièrent de valeur. Qu'elle me parle peu, mais il faudra qu'elle m'aime sans mesure; car, je le sens, elle s'empare de plus en plus de mon cœur.

RADOSTE, *avec colère*.

Oui, mais tu t'empares de moins en moins du sien.

GUSTAVE.

De moins en moins?

RADOSTE.

Oui, oui!

GUSTAVE.

C'est une plaisanterie.

RADOSTE, *ironiquement*.

Oui, certainement une plaisanterie.

GUSTAVE.

Ce serait très fâcheux.

RADOSTE, *avec colère*.

Ce n'est que très juste.

GUSTAVE.

Par la raison?

RADOSTE.

Que tu l'as bien mérité.

GUSTAVE.

Qu'ai-je donc fait?

RADOSTE.

Comment, tu me le demandes encore? Aie donc pitié et dis-moi, as-tu voulu m'assassiner, as-tu été mordu par une tarentule, lorsque, ne faisant aucune attention à tout ce que je t'indiquais et par voix et par gestes, tu courais, tu sautais, tu cassais, tu te démenais enfin comme un vrai enragé! Il a fallu que jusqu'à cette pauvre petite chienne...

GUSTAVE.

Mais quel grand mal! j'avais voulu montrer un tour.

RADOSTE.

Oui, un tour d'adresse! Tu es vraiment passé maître sous ce rapport. Quand on pousse la gaîté jusqu'à la folie, d'abord on fait rire à ses dépens; mais si on ne discontinue pas, on finit par prendre un très mauvais chemin et par offenser même ceux qu'on a eu la prétention d'amuser.

GUSTAVE.

C'est vrai, cher oncle, c'est vrai; quel bonheur aussi que tu sois toujours à mes côtés et que tes conseils empêchent les sottises qu'autrement je serais capable de commettre!

RADOSTE, *levant les yeux au ciel*.

Qu'il serait capable de commettre!...

GUSTAVE, *serrant Radoste dans ses bras*.

Je te remercie mille fois encore, mon cher oncle, et de tes avis et de tes sermons; je ne ferai plus que ce que tu m'ordonneras.

RADOSTE.

Alors donc ces discours...

GUSTAVE.

Eh! par tous les diantres, ces conversations campagnardes me sont devenues tout-à-fait insupportables.

RADOSTE.

Mais te voilà déjà de nouveau méchant?

GUSTAVE.

L'homme de la capitale a vraiment besoin d'un talent infini pour parvenir à amuser ces beautés de province. Mentionnez le grand monde, on vous reprochera d'affecter des airs de supériorité; l'agriculture, mais, observera-t-on, pour qui est-ce qu'on nous prend? est-ce que par hasard à la campagne on ne peut plus se connaître qu'en blé? littérature, vous êtes déclaré pédant. Si vous plaisantez, vous n'êtes qu'un étourdi, et si vous gardez le sérieux, on vous fuira comme un sage. Soyez moqueur, vous êtes proclamé méchant, et votre mélancolie elle-même sera attribuée à l'orgueil. Bref, avant que de vous faire bien connaître en province, il faut y éprouver pour toutes ses paroles et toutes ses actions la critique la plus sévère et la plus injuste.

RADOSTE.

Mais Angélique mérite-t-elle que tu lui appliques toutes ces observations?

GUSTAVE.

De quoi dois-je enfin causer avec elle? Je lui ai parlé de champs, de prés, de ruisseaux et de troupeaux ; où dois-je chercher encore d'autres sujets de conversation?

RADOSTE.

Tu te fâches tout de suite et tu emploies des jurons ! Mais comment causes-tu donc en ville?

GUSTAVE.

Je n'y cause jamais avec des demoiselles.

RADOSTE.

Demoiselles ou non, il ne s'agit pas ici de cela.

GUSTAVE.

Ah! mon cher oncle, que tu as vieilli! Comment, tu ne sens plus que, lorsqu'on n'ose déclarer le sentiment qui nous anime, on essaie, on emploie mille paroles ingénieuses pour se rapprocher de son but, et alors notre conversation devient plus brillante, pareille à un jet d'eau puissamment comprimé?

RADOSTE.

La comparaison n'est pas mal, j'avoue.

GUSTAVE.

Avec une demoiselle à marier, lorsqu'une fois j'ai proféré au milieu de soupirs la tendre exclamation « Je vous aime, » si on me répond « Je vous aime aussi », eh bien ! tout est dit.

RADOSTE.

Et si on répond par un « Je ne vous aime pas? »

GUSTAVE.

Alors, c'est fini encore !

RADOSTE.

Mais, il n'y a jamais moyen de s'entendre avec toi. Écoute, fais attention un seul moment; connais-tu le projet d'Angélique et de Clara?

GUSTAVE.

Non.

RADOSTE.

Toutes les deux ne veulent pas se marier et ne se marieront pas.

GUSTAVE, *avec un effroi simulé, tout bas à son oncle.*

Comment, mon oncle, mais c'est incroyable ! Elles veulent donc causer la ruine du genre humain en gardant leur virginité?

Peut-être toutes les filles ont-elles fait un vœu commun semblable !

RADOSTE, *lui caressant le menton.*

Allons, étourdi, il faut que je conserve toujours pour toi de la faiblesse.

(*Il sort.*)

GUSTAVE, *après une pause.*

Ce regard calme et cet œil amoureux, ces soupirs cachés dans les profondeurs du sein, ce front mélancolique à côté d'une physionomie souriante, parole d'honneur! tout cela me plaît, me séduit, m'enflamme de la passion la plus vive.

SCÈNE IV.

ANGÉLIQUE, CLARA, GUSTAVE.

Angélique s'assied et se met à broder. Gustave, en s'adressant à Angélique, fait tous ses efforts pour lui plaire ; il parle à Clara d'un ton railleur ou indifférent. Clara cause avec vivacité et répond souvent pour Angélique, dont la conversation doit être empreinte d'un ton de modération et de douceur.

GUSTAVE.

Enfin, voilà un armistice après de longs combats.

ANGÉLIQUE.

Je sollicite la paix.

GUSTAVE.

Qui pourrait lui être contraire?

CLARA.

Tout le monde ne la mérite pas.

GUSTAVE, *sans faire attention aux paroles de Clara.*

Ainsi, pour première condition...

CLARA.

Pas si vite, pas si vite !

GUSTAVE.

Une estime mutuelle.

ANGÉLIQUE.

Et ma neutralité.

GUSTAVE.

Cette condition ne saurait être admise. Faisons plutôt un traité offensif et défensif.

CLARA.

Quelle générosité !

GUSTAVE.

Je vais dresser les articles.

ANGÉLIQUE.

Pure plaisanterie !

GUSTAVE.

Mais je vous supplie!...

CLARA.

Je crois bien que vous suppliez.

GUSTAVE.

Qu'y a-t il en cela d'extraordinaire ?

CLARA.

Mon avis est...

GUSTAVE, *s'adressant toujours à Angélique.*

Je vous en conjure !

CLARA, *à part.*

Mais il a l'air de ne pas entendre seulement ce que je lui dis.

GUSTAVE.

Je serai fidèle à mes engagements.

CLARA, *à part.*

Se moque-t-il de moi ?...

GUSTAVE.

J'en ferai cent fois le serment...

CLARA.

Des serments sans fin ne vont qu'à ceux qui mendient la confiance d'autrui.

GUSTAVE, *froidement.*

Un pauvre mendiant ne peut-il pas trouver aussi un trésor ?

CLARA.

Pour cela il a un chemin bien long à faire !

GUSTAVE.

Les distances ne diminuent pas l'espoir.

CLARA.

C'est une conquête bien rare !

GUSTAVE, *les yeux fixés sur Clara.*

La modestie paraît chose plus rare encore !

CLARA, *vivement.*

Ainsi donc, guerre !

GUSTAVE.

Contre vous, mademoiselle, j'étais armé depuis long-temps.

ANGÉLIQUE.

Je tiens pour Clara.

GUSTAVE.

J'envie son sort.

CLARA.

Je tiens pour Angélique.

GUSTAVE.

Il n'y a donc plus de guerre ?

CLARA, *avec une vivacité croissante.*

Et cela pourquoi ?

GUSTAVE.

Parce que je sens en moi un certain calme, qui conviendrait à une demoiselle encore plus qu'à un homme.

CLARA.

Oh ! non. Les hommes redoutent une entière franchise ; ils voilent leur ame et se placent toujours de manière à voir à leur aise et à n'être jamais vus.

GUSTAVE.

Je voudrais savoir d'où vous vient cette opinion si mauvaise sur les hommes ?

CLARA.

Mais c'est plutôt une opinion flatteuse.

GUSTAVE.

Vous parlez en problèmes qui sont trop profonds pour mon esprit.

CLARA.

Comment donc ? Le grand art, chez vous autres, ne consiste-t-il pas à tâcher de séduire et de trahir les femmes ? C'est là où vous trouvez votre gloriole, votre récompense ; et celui qui peut énumérer le plus grand nombre de ses victimes n'est-il pas en quelque sorte le vainqueur couronné ?

GUSTAVE.

Mademoiselle, je vous plains beaucoup.

CLARA.

Vous avez bien de la bonté, monsieur ; mais oserai-je vous demander pourquoi vous me plaignez ainsi ?

GUSTAVE, *froidement.*

Pourquoi ? C'est qu'avec une ame aussi innocente et si jeune encore vous avez déjà éprouvé la trahison des hommes.

CLARA.

Qui vous dit que je l'ai éprouvée ?

GUSTAVE.

L'homme bien portant ne se connaît pas en maladies ni le riche en souffrances provenant de la misère. De même on n'apprend à connaître la trahison que lorsqu'on a été trahi. Le bon sens ne permet pas, d'ailleurs, que, sur la simple lecture de quelques mauvais livres, on puisse déjà prononcer des condamnations si générales.

ANGÉLIQUE.

Mais les exemples se gravent dans notre mémoire !

GUSTAVE.

Oh ! dans les exemples on trouve du bon et du mauvais, et c'est presque toujours au mauvais que nous nous attachons. (*s'adressant à Clara.*) C'est sans doute pour venger tout son sexe que la belle Clara a juré de ne rendre heureux aucun de ses adorateurs !

CLARA, *vivement.*

Qui vous a dit ?...

GUSTAVE, *froidement.*

Qui ? mais d'abord, Albin !

CLARA, *d'un ton railleur.*

J'espère que, de cette façon, nous entendrons bientôt monsieur Gustave proclamer aussi de son côté les vœux d'Angélique. Il est si naturel de faire part aux autres des calamités qu'on éprouve !

GUSTAVE, *avec un sourire forcé.*

Il faut l'avouer, mademoiselle Clara soutient la lutte avec une ame vraiment virile, et l'enthousiasme qui se peint sur ses joues nous rappelle les héroïques Amazones !...

CLARA, *avec feu.*

Mon enthousiasme, je ne le cache pas ; j'expliquerai, je répéterai cent fois ce qu'il veut dire : oui, mon ame ne peut pas souf-

fir les hommes ; je me suis proposé de les
haïr, je l'ai juré et je tiendrai mon serment !

(*Elle sort.*)

SCÈNE V.

ANGÉLIQUE, GUSTAVE.

GUSTAVE, *comme s'il parlait à Clara.*

Je tiendrai mon serment ! Oui, oui, nous
verrons cela. Haine à tous les hommes !... et
on ose le jurer !... (*s'adressant à Angélique.*)
Mais non, vous, vous ne partagez point ces
idées. C'est un dieu irrité par nos crimes
qui a fait germer en nous des sentiments
haineux ; votre ame si pure, comment se
serait-elle attiré un pareil châtiment ? Dites-
moi que vous doutez d'un amour franc et
sincère, et ce doute seul sera pour vous le sujet d'assez de tourments ! Ah ! croyez-moi ;
l'incrédulité, c'est un bouquet de ronces et
d'épines que l'expérience tresse pour nous
l'offrir sur nos vieux jours, tandis que la foi
pure, c'est la fleur la plus ravissante du jeune
âge !

ANGÉLIQUE.

Cette fleur, les vents ne l'effeuillent-ils pas
tôt ou tard ?

GUSTAVE.

Les zéphirs l'effeuilleront, mais le fruit se
sera developpé. (*Il approche une chaise et s'assied près d'Angélique.*) Je n'ai pas certes mérité
votre haine, mademoiselle, mais j'ai pu
m'attirer grandement votre courroux.

ANGÉLIQUE, *d'un ton d'indifférence complète.*

Pas le mien, j'espère !

GUSTAVE.

Oui, le vôtre.

ANGÉLIQUE.

Je n'en sais absolument rien.

GUSTAVE.

Oh ! vous le savez ; mais pardonnez à celui qui blâme très franchement sa propre
étourderie.

ANGÉLIQUE.

Pourquoi m'adresser tout cela ?

GUSTAVE.

Comment pouvez-vous le demander ?
Quelle opinion peut donc m'être ici d'un
plus grand prix ? J'ai eu tort.

ANGÉLIQUE.

Vraiment ?

GUSTAVE.

Je l'avoue.

ANGÉLIQUE.

J'y crois donc.

GUSTAVE.

Pardonnez.

ANGÉLIQUE.

Qu'il en soit ainsi.

GUSTAVE, *lui baisant la main.*

Votre pardon est sincère ?

ANGÉLIQUE.

Sincère.

GUSTAVE.

Je vais donc commencer une nouvelle vie.
Mais, avant tout, ne me refusez pas une espérance, qui sera pour moi l'aurore du bonheur !

ANGÉLIQUE.

Je vous refuse toute espérance.

GUSTAVE, *d'un ton suppliant.*

Je ne veux qu'un rayon d'espoir !

ANGÉLIQUE.

Je n'accorde rien.

GUSTAVE, *reculant sa chaise.*

C'est trop dur ! (*Après une pause.*) Vous
connaissiez les projets de mon oncle ?

ANGÉLIQUE.

Oui.

GUSTAVE.

Votre mère daigne les favoriser.

ANGÉLIQUE.

Je le sais.

GUSTAVE.

La charmante Angélique se refusera-t-elle
à combler tous les vœux qu'on forme autour d'elle ?

ANGÉLIQUE.

Oui, je refuserai.

GUSTAVE, *se levant.*

Ai-je bien entendu ?

ANGÉLIQUE.

Oui.

GUSTAVE, *ironiquement.*

En vérité, la réponse est laconique.

ANGÉLIQUE.

Et franche.

GUSTAVE.

Oh ! c'est charmant... (*Il fait quelques pas et
se rapproche de son ancienne place.*) Est-ce que,
par hasard, des vœux semblables à ceux de
Clara...

ANGÉLIQUE.

Je n'en sais rien.

GUSTAVE.

Vous ne voulez donc pas vous marier ?

ANGÉLIQUE.

A présent, non.

GUSTAVE.

Mais plus tard ?

ANGÉLIQUE.

Qui peut prévoir l'avenir ?

GUSTAVE, *se promenant fort agité.*

Pourquoi ne pourrait-on pas le prévoir ?
Ah ! mon Dieu ! on prévoit, on prévoit très
facilement que bientôt quelque nouveau

concurrent arrivera avec du bruit et de l'é-
clat, et obtiendra demain ce qui m'est refusé
aujourd'hui. N'est-ce pas, mademoiselle?

ANGÉLIQUE.

C'est possible.

GUSTAVE, *après une pause, en s'asseyant.*

Permettez cependant une petite observation. Vous me refusez, vous ne m'accordez
aucune espérance, mais que du moins ce ne
soit pas l'emportement qui dicte vos arrêts;
c'est ma seule prière.

ANGÉLIQUE.

Je ne vous comprends pas.

GUSTAVE, *impatienté.*

Vous ne me comprenez pas, mais c'est
que vous ne voulez pas me comprendre!

ANGÉLIQUE.

C'est encore possible.

GUSTAVE *se lève avec humeur.*

C'est possible! — c'est encore possible!
— c'est vraiment amusant, ma parole d'honneur, c'est unique! Il n'y a donc que moi
apparemment qui ne pourrai jamais plaire,
tandis que quelque voisin, quelque espèce
d'Albin, quelque amant sombre et mélancolique aura bientôt recueilli le prix de ses
soupirs! (*Il s'assied et dit avec plus de calme.*)
Vous suis-je donc si insupportable?

ANGÉLIQUE, *toujours avec la même indifférence.*

Mais pourquoi?

GUSTAVE, *en rapprochant sa chaise.*

Ainsi, vous ne me trouvez pas si insupportable?

ANGÉLIQUE.

Non.

GUSTAVE.

Franchement?

ANGÉLIQUE.

Franchement.

GUSTAVE, *rapprochant sa chaise.*

Mais vous ne me regardez même pas?

ANGÉLIQUE, *levant un moment ses yeux de dessus*
son ouvrage.

Au contraire.

GUSTAVE.

Voilà tout?

ANGÉLIQUE.

Eh bien! donc?

GUSTAVE.

Ah! vos regards sont si froids!

ANGÉLIQUE.

Pourquoi ne le seraient-ils pas?

GUSTAVE, *avec feu.*

Je les aimerais mieux courroucés. Oui,
mettez-vous plutôt en colère.

ANGÉLIQUE.

Je ne vois aucune raison de me fâcher.

GUSTAVE *se lève et murmure, à part.*

C'est un supplice qui dure trop long-
temps. (*Il fait quelques pas et s'arrête de nou-*
veau devant Angélique.) Vous éprouvez donc un
bien grand plaisir à me voir souffrir ainsi?

ANGÉLIQUE.

Oh! déjà des souffrances!

GUSTAVE.

Vous ne croyez donc pas à mon amour?

ANGÉLIQUE.

Non.

GUSTAVE, *s'asseyant.*

Exigez des preuves; dites ce que je dois
faire. Ordonnez, je vous obéis en tout.

ANGÉLIQUE.

Mes ordres, c'est que vous ne me parliez
plus d'amour.

GUSTAVE, *prêt d'éclater et se retenant à peine.*

Ainsi, je dois me taire?

ANGÉLIQUE.

Oui.

GUSTAVE.

Et pour long-temps?

ANGÉLIQUE.

Pour toujours.

GUSTAVE *se lève et dit avec ironie.*

Mais on ne donna jamais un ordre plus
gracieux et d'une manière plus agréable! (*Il*
se promène.) Aimer et se taire, c'est excellent,
c'est délicieux! Aimer et se taire toute la
vie seulement! (*s'arrêtant devant Angélique.*)
D'où vient cependant cette aversion que j'ins-
pire? où en est la cause? Si cette aversion
vient de mes fautes, peut-être pourrai-je
l'atténuer. Dites donc, de grace, d'où vous
vient cette répugnance!

ANGÉLIQUE.

Je n'ai d'aversion ni de répugnance pour
personne au monde.

GUSTAVE.

Je sais qu'il n'est pas facile d'inspirer tout
de suite de l'amour, mais il est presque impossible d'inspirer tout de suite de la haine.
Je présente cependant aujourd'hui ce triste et
nouvel exemple.

ANGÉLIQUE.

Laissons là ce sujet désagréable.

GUSTAVE.

Il vous est facile de l'ordonner; y obéir est
au-dessus de mes forces! (*avec une chaleur*
croissante.) Écoutez, Angélique, écoutez une
voix qui vous confie toutes ses vues de bonheur et d'avenir!... (*Angélique se lève.*) Mon
ame se présente devant vous sans voile
comme devant la divinité; vous portez dans
vos mains la balance de mon bonheur ou de
mon malheur; pesez-les, mais pesez-les lentement... (*Angélique veut sortir, Gustave l'arrête.*)
Écoutez; je ne demande pas que vous parta-

giez mes sentiments; on n'obtient pas par la prière ce qui ne vient que du cœur; mais ne dédaignez pas mon projet, mon projet louable, de consacrer tous les soins et toutes les forces dont l'amour peut disposer à gagner ce que je ne possède pas encore aujourd'hui. Mais indiquez-moi, Angélique, indiquez-moi une voie salutaire... (*Il retient Angélique qui veut sortir.*) Comment! vous sortez et pas un mot... (*avec feu.*) Comment! implorerai-je donc en vain (*à genoux devant Angélique.*) à vos pieds... un peu de pitié!...

(*Angélique sort par la porte de droite. Gustave reste atterré dans sa position et ne se relève qu'au moment de l'entrée de Clara.*)

SCÈNE VI.

GUSTAVE CLARA, *arrivant par la porte de gauche.*

CLARA.

Qu'est-ce que cela signifie? Sont-ce des actions de grace, ou bien est-ce un acte de pénitence pour un excès de témérité?

GUSTAVE.

Vous vous trompez egalement dans vos deux conjectures. Je me trouvais fatigué d'avoir été trop long-temps debout et trop long-temps assis, et je me suis mis à genoux rien que pour changer de position.

CLARA.

Oh! non, non, je sais, je connais très bien ce qui a eu lieu. On n'a tenu aucun compte des regards mélancoliques, les soupirs n'ont pas produit leur effet, on n'a pas écouté les phrases... Il ne restait plus que de se jeter aux genoux de la belle et d'invoquer son amour ou la mort! Alors il fallait avoir à la main une épée, un poignard, un couteau ou du moins une paire de ciseaux! (*Elle rit.*) Mais quoi! nous n'avons plus ni sentiment ni parole, et cela après le premier combat. Ah! la victoire a dû être si facile qu'elle m'étonne plus par sa facilité qu'elle ne me réjouit par son résultat!

GUSTAVE.

Le carquois est vidé. Mettons donc toutes les plaisanteries à part. Ah! mademoiselle Clara, vous me voyez au désespoir!

CLARA.

Je retrouverai encore des armes pour la défense. Mais, sans raillerie, que veut dire ce changement; ce n'est peut-être que la suite d'un réveil bien matinal, ou bien l'effet d'un instant de folie?

GUSTAVE.

Je suis hors d'état de lutter avec vous,

car mon ame est accablée et j'ai trop la conscience de mes torts. Hélas! je perds, même de vue, l'objet de mes désirs, cet objet que je croyais bientôt pouvoir atteindre, et ce qui m'est le plus douloureux, c'est que je paie mes fautes de tout mon bonheur et que je suis encore obligé d'avouer la justice de mon châtiment. Ainsi, soit qu'il vous plaise de blâmer ma légèreté et ma présomption, soit que vous qualifiiez mon étourderie de sottise, soit enfin que vous trouviez mon manque de politesse punissable, tout ce que vous prononcerez contre moi sera moins dur que les reproches que je me fais.

CLARA, *avec une feinte humilité.*

Je ne viens que trop d'éprouver, il y a un moment, toute la supériorité de l'esprit d'un homme sur celui de notre sexe pour que je me permette d'engager une nouvelle lutte. Lorsque l'homme, dans sa magnanimité, daigne modestement avouer ses propres torts, je ne puis que tout approuver, soit par mes paroles, soit par mon silence. Mais ce repentir sincère, ces remords si méritoires, dans quel crime puisent-ils leur source?

GUSTAVE.

Ah! mademoiselle Clara, je viens d'apprendre à connaître Angélique.

CLARA.

Je ne vois jusqu'ici aucun motif de désespoir.

GUSTAVE.

Ce n'est qu'après l'avoir connue que je vois combien j'ai eu de torts à son égard.

CLARA.

Monsieur Gustave l'aime donc apparemment?

GUSTAVE.

Dites que je l'adore, vous n'aurez pas dit trop!

CLARA.

Mais n'est-ce pas une de ces passions frivoles?...

GUSTAVE.

C'est l'amour le plus pur que le ciel puisse voir.

CLARA.

Et vous croyez à la constance de votre sentiment?

GUSTAVE.

Il ne s'éteindra qu'avec ma vie!

CLARA.

Angélique n'a pas, sans doute, voulu croire à tout cela?

GUSTAVE.

Elle ne veut même pas m'entendre; c'est là mon désespoir!

CLARA, *après une pause.*

C'est mal... Peut-être m'écouterait-elle?

GUSTAVE.

Ah! si l'amitié voulait expliquer ce que l'amour n'ose plus?

CLARA.

Quand je lui aurai dépeint le changement qui s'est opéré en vous, votre repentir...

GUSTAVE.

Ah! mademoiselle Clara, vous devinez mes vœux...

CLARA.

Je lui dirai ce que monsieur Gustave était auparavant...

GUSTAVE.

Employez de fortes couleurs, ne me ménagez pas!

CLARA.

Qu'il était gai, comme d'ordinaire un jeune homme.

GUSTAVE, *l'interrompant.*

Vif, léger, frivole, étourdi...

CLARA, *l'interrompant à son tour.*

Vaniteux, méchant, orgueilleux, amoureux de lui-même...

GUSTAVE.

Ce sera un peu trop fort... oui, trop fort.

CLARA.

Qu'il ne voyait en elle qu'un enfant campagnard.

GUSTAVE.

C'est un peu trop fort...

CLARA.

Qu'il croyait, dans sa fatuité, que la politesse est déplacée en province.

GUSTAVE.

C'est beaucoup trop fort!

CLARA.

Qu'un manque de bon sens...

GUSTAVE.

Allons, c'est dépasser les bornes. Vous chargez le tableau!

CLARA, *du ton le plus aimable.*

Oui, les couleurs sont prononcées; je ne ménage pas les reproches; mais d'un autre côté je lui dirai que celui qui a reconnu ses défauts en est déjà corrigé; que l'amour sincère qui vous transporte ne sera que plus durable pour n'avoir pas été si subit, et que, si elle ne peut pas encore vous payer de retour, au moins doit-elle déjà vous montrer de la confiance.

GUSTAVE.

Ah! ma chère mademoiselle Clara, vous lisez dans mon ame; c'est cela, c'est cela, à la lettre...

CLARA, *en éclatant de rire.*

Ha! ha! ha! je ne puis me retenir plus long-temps... Ha! ha! ma chère mademoiselle Clara, ha! ha! ma chère... C'est excellent... Oh! quel excellent moyen j'ai trouvé pour désarmer ce terrible monsieur Gustave!

(*d'un ton sérieux.*) Oui, l'habileté des hommes ne devrait jamais nous effrayer; tenons-nous seulement en garde contre notre propre faiblesse. J'espère que tous les témoins d'une semblable scène ne pourraient se refuser d'avouer que l'homme n'est pas si difficile à subjuguer! Si vous vous fiez entièrement à lui, vous le verrez bientôt se dresser comme un serpent flexible et prêt à lancer son venin; opposez-vous à ses caprices, ayez une volonté ferme, il deviendra à l'instant féroce comme un lion ou comme un tigre; mais chantez lui le refrain de sa chanson, donnez-vous l'air d'être vaincue à chaque dispute, tournez toujours dans le cercle de ses idées, et par un fil de soie vous le mènerez au bout du monde. La scène d'aujourd'hui ne peut que me confirmer dans cette opinion, que je suis ravie de vous avoir exprimée, après quoi, monsieur, il ne me reste plus qu'à me reconnaître (*Elle fait une profonde révérence.*) pour votre très humble servante!

(*Elle sort.*)

SCÈNE VII.

GUSTAVE, *seul, qui est resté immobile depuis l'éclat de rire de Clara.*

Ah! ah! c'est donc ainsi... C'est ainsi qu'on me traite pour avoir agi avec franchise et parlé d'un amour sincère! Holà! petit serpent, ta finesse et tes paroles acérées ne parviendront pas à me placer sur la même ligne qu'Albin. Tu veux m'enseigner la ruse? eh bien! soit. (*Il se promène pensif.*) Angélique est bonne; elle a seulement des préventions. Voyons si elle fera par bonté ce qu'elle a refusé de faire par confiance. Il faut que j'invente un roman, que je lui fasse des aveux; je m'adresserai à elle pendant quelque temps comme à une simple amie, je gagnerai sa compassion et j'invoquerai son assistance. (*après une pause.*) Un secret commun lie facilement deux cœurs... Oui, j'éveillerai le sentiment chez elle par l'image de l'amour, puis je le fortifierai et je lui donnerai une bonne direction!...

(*Scène muette dans laquelle Gustave paraît méditer et combiner son plan; tout-à-coup, voyant entrer Albin, il lui adresse avec la plus grande vivacité la tirade suivante.*)

SCÈNE VIII.

GUSTAVE, ALBIN.

GUSTAVE.

Voilà, voilà la cause vivante de tout le

mal, cette ombre larmoyante d'Albin! Il pleure, le diable sait pourquoi, il soupire cinquante ans de suite; à la fin il fera croire à toutes les femmes que c'est là de l'amour! Notre vie dure-t-elle donc tant d'années que nous puissions dépenser un demi-siècle en gémissements amoureux? A force de verser des larmes, bientôt, Albin, tu seras changé en fontaine; et, en attendant, il faut que moi je supporte la mauvaise humeur de ta belle. Ne l'aime pas avec tant de soumission et tu la verras plus aimante; ne te laisse pas mener par le nez, et elle-même reconnaîtra ton pouvoir; ne la fatigue pas autant par tes larmes et ton deuil, et ta victoire sera digne d'un homme. Il n'y a que des fous qui puissent penser autrement. — Adieu!... (*à voix basse.*) Va à tous les diables! (*en retournant vers Albin.*) Où est-elle allée?

ALBIN.

Qui?

GUSTAVE, *avec humeur.*

Oh! il ne sait jamais rien.

(*Il sort.*)

ALBIN, *seul.*

Eh bien! voilà que je suis à charge même à Gustave! Il me quitte en colère. Où dois-je porter et mes larmes et mes soupirs? Voici deux années que je ne cesse de gémir; dans dix ans je serai encore le même. Oh! si Clara seulement s'attendrissait à ma vue!

SCÈNE IX.

ALBIN, CLARA.

ALBIN.

La cruelle blessure de mon cœur ne sera-t-elle jamais soulagée par un baume salutaire?

CLARA.

D'autres pourront la guérir, mais non pas moi...

ALBIN.

J'aime.

CLARA.

Je le sais.

ALBIN.

J'attends.

CLARA.

En vain.

ALBIN.

Je supplie.

CLARA.

C'en est trop.

ALBIN.

Cruelle!

CLARA.

C'est possible.

ALBIN.

Puissé-je cesser d'aimer!

CLARA. *Un écheveau de fil lui échappe, Albin court après et le ramasse.*

Une fois au moins veuillez laisser en paix les écheveaux, le mouchoir ou les autres bagatelles qui peuvent s'échapper de mes mains; que je puisse au moins éternuer sans me voir exposée à vos compliments! Vos assiduités me deviennent vraiment insupportables!

ALBIN.

Si je veux aller toujours au-devant de tes vœux, si je brûle de te consacrer toute ma vie, tu ne peux certes l'attribuer qu'à mon amour et à tes charmes; mais parce que je ne réussis pas à toucher ton cœur trop fier, dis-moi, Clara, est-ce donc une raison pour que je mérite tes mépris?

CLARA.

Eh! non, il ne s'agit pas de mépris, je n'en ai pas parlé.

ALBIN.

Si ce n'est pas du mépris, qu'est-ce donc?

CLARA.

Vos souffrances me sont souvent pénibles; je les crois réelles, mais cela ne change rien à la chose. Clara n'a pas d'oreilles pour une voix d'homme; elle a voué sa haine à tout votre sexe, et elle tiendra parole.

ALBIN.

Ah! une bien grande partie de cette haine est dirigée contre moi.

CLARA.

Pas la plus grande.

ALBIN.

Clara, si tu voulais comprendre ce que ta vue seule produit sur mon ame, certes tu aurais déjà réalisé les vœux de mon cœur.

CLARA.

Pas du tout.

ALBIN.

Jamais?

CLARA.

Laissons cela, je vous prie.

ALBIN.

Cruelle! c'est la mort...

CLARA, *en riant.*

Ah! la mort! la mort! Et c'est moi qui vous l'apporte!

ALBIN.

Bientôt le monde t'enviera ce nouveau triomphe.

CLARA.

Aucun homme n'est encore mort d'amour.

ALBIN.

C'est qu'aucun ne l'a pu; mais plus d'un l'a voulu sincèrement.

CLARA.

Ah! il faut donc prendre l'intention pour l'effet! Aussi, pour honorer la mort de monsieur Albin, je prendrai le deuil dès aujourd'hui.

ALBIN.

Ah! je le vois; tu ne me conseillais pas mal, heureux Gustave!

CLARA, *ironiquement*.

Peut-on connaître l'avis que ce conseiller d'état a daigné vous donner?

ALBIN.

Il m'a dit : « N'aimez pas aussi tendrement, et vous serez aimé. »

CLARA.

N'aimez pas!... Voyez donc... Il est choqué de voir quelqu'un qui cherche son bonheur dans la confiance; il s'en irrite; il lui faut déjà du changement!

ALBIN.

« Tu soupires, me disait-il, tu pleures depuis deux ans, Dieu sait pourquoi! »

CLARA.

Dieu sait pourquoi! A-t-on jamais entendu quelque chose de pareil?

ALBIN.

« Les femmes ne manqueront jamais de t'imposer une si longue pénitence! »

CLARA.

Oui, et à lui il ne faudrait qu'un jour, une heure, une minute!

ALBIN.

« Ne vous laissez pas gouverner par elle! »

CLARA.

Ne vous laissez pas gouverner! Bravo! Ne vous laissez pas!... La belle loi!

ALBIN.

« Et c'est vous qui la gouvernerez. »

CLARA.

Comment! Quoi? Vous gouvernerez? Et tout de suite gouverner; on ne veut que gouverner! Mais quel ordre régnerait dans ce bas monde? Un seul en entraîne bien cent autres à suivre ses erreurs, et cependant il commence par le mot, « Ne vous laissez pas gouverner! »

ALBIN.

Mais moi, je ne veux pas l'écouter; je ferai ce que vous ordonnerez.

CLARA *murmure tout bas*.

Voyez quel professeur, quel conseiller!

ALBIN *s'approche et dit tendrement*.

Que dois-je faire?

CLARA.

Vous en aller.

(*Albin salue, soupire profondément et sort.*)

CLARA, *seul*.

Parlez, il parle; taisez-vous, il se tait; allez-vous-en, il s'en va; restez, il reste. Ah! au nom de Dieu! que cet Albin finisse par s'opposer une fois à quelque chose, car cette espèce d'abdication de tout jugement et de toute volonté m'empêchera, je crois, à jamais d'avoir pour lui soit de la haine, soit de l'amour.

ACTE TROISIÈME.

SCÈNE I.

ANGÉLIQUE, GUSTAVE.

GUSTAVE.

Angélique! un seul mot, un dernier mot.

ANGÉLIQUE.

Ah! ce dernier mot ne finira pas aujourd'hui. Mais, pour couper court à tout cela, je vous déclare, monsieur, sincèrement et pour la dernière fois, que la réponse que vous recevez sera la même aussi pour tous les prétendants futurs; il ne faut donc considérer ce désagrément que comme la conséquence d'un système et non comme une suite de quelque répugnance personnelle. Puisque je crois que ma franchise vous aura adouci un peu mes refus, j'espère, à mon tour, que mon aveu restera un secret entre nous; c'est une conséquence des ordres de ma mère, qui, espérant que d'autres temps amèneront d'autres dispositions, me défend de parler de mon vœu et me condamne à souffrir patiemment qu'on me fasse la cour, jusqu'à ce qu'il me soit permis de donner son congé au concurrent que je serai censée avoir pu apprendre à connaître.

GUSTAVE.

Je vais suivre aussi, mademoiselle, la voie si simple que vous venez de choisir. En dépit de la défense de Radoste, je vais vous ouvrir tout-à-fait mon cœur... J'aime...

ANGÉLIQUE.

Ah! j'ai tant de fois entendu!

GUSTAVE.

Mais permettez... j'aime, mais non pas vous, Angélique; (*Après une pause.*) et ainsi, puisque nos vues ne peuvent plus se contrarier, je mets en vous tout mon espoir! Vous êtes sans doute étonnée, je le crois facilement, mais voilà la vérité. Mon oncle, qui m'a tenu lieu de père, qui depuis le berceau s'est occupé de mon sort, a exigé enfin une preuve de ma reconnaissance; vous devinez laquelle? Mes larmes, mes prières, mes représentations, rien n'a pu parvenir à détourner l'idée fixe de mon oncle. Je lui promis d'employer tous mes soins à mériter votre main; mais lorsque, aujourd'hui même, mes lèvres tremblantes vous adressaient des paroles d'amour, je ne craignais rien tant que de m'apercevoir de leur effet sur votre ame.

ANGÉLIQUE.

Comment! vous aviez peur de me plaire?

GUSTAVE.

Hélas! il me faut proférer cette sorte de blasphème. Croyez-moi, tous les charmes, toutes les qualités, que vous seule ignorez, mais qu'il est impossible de ne pas reconnaître en vous au bout du plus court espace de temps, tout ce qui promet et assure le bonheur, devenaient pour moi seul un sujet de crainte. S'attirer votre sourire, votre regard affectueux, éveiller dans votre sein un premier soupir, certes, il y a là de quoi être fier et heureux; mais cette félicité céleste elle-même effrayait mon cœur, qui ne m'appartenait déjà plus.

ANGÉLIQUE.

Ainsi, c'est une passion pour une autre personne?

GUSTAVE.

Ah! qu'est-ce qui pourrait sans cela excuser ou du moins expliquer ma conduite si singulière! J'aimais déjà lorsque je fis votre connaissance; ma manière de me présenter devant vous me valut des critiques bien méritées; je sentais douloureusement et mes torts et toute la fausseté de ma position; j'étais en même temps coupable et innocent; mais, hélas! quel moyen...

ANGÉLIQUE.

Je vous avouerai que le moyen le plus simple était et que c'est encore d'avouer à votre oncle...

GUSTAVE.

Mais que de fois n'ai-je pas tout employé pour le toucher!

ANGÉLIQUE.

Que dit-il donc?

GUSTAVE.

Il réitère ses ordres; c'est que je dois vous épouser, vous qu'un vœu et une aversion prononcée éloignent de moi. — Pour mon amante, mon oncle n'en veut jamais entendre parler.

ANGÉLIQUE.

Et pourquoi?

GUSTAVE.

Oh! ce serait trop long à raconter; mais, pour tout dire en peu de mots, c'est surtout à cause d'un procès et d'un duel que mon oncle a eus avec le père d'Angélique.

ANGÉLIQUE.

Comment? d'Angélique!

GUSTAVE.

Vos noms sont les mêmes et répondent également à vos caractères. Ce nom produit sur moi un charme indéfinissable, et voilà sans doute pourquoi, dès le premier moment que je vous vis, je me sentis attiré vers vous comme vers une sœur.

ANGÉLIQUE.

C'est vraiment singulier!

GUSTAVE.

Ah! si j'étais seul au moins à souffrir! Mais quand on sent chaque trait de la douleur se répéter dans l'ame d'un autre être qui nous est plus cher que la vie, oh! c'est alors un supplice sans nom, un supplice qui pousse notre bras à saisir l'arme qui peut trancher la source de notre sentiment et de nos malheurs!

ANGÉLIQUE, *effrayée*.

Mais, monsieur Gustave... qu'est-ce donc? Oh! mon Dieu! comment peut-on seulement parler de se tuer! — Mais savez-vous que c'est un péché, un péché mortel, et pour lequel on peut souffrir éternellement dans l'autre monde!

GUSTAVE, *vivement*.

Venez donc à mon secours!

ANGÉLIQUE.

Volontiers, volontiers; mais qu'est-ce que j'y puis?

GUSTAVE.

Vous pouvez beaucoup.

ANGÉLIQUE.

Je n'entendrai plus, j'espère, parler de mort?

GUSTAVE.

Non.

ANGÉLIQUE.

Je suis encore toute tremblante!

GUSTAVE.

Vous voulez donc?

ANGÉLIQUE.

Mais comment?

GUSTAVE.

Je vous indiquerai les moyens. D'abord, suppliez votre mère...

ANGÉLIQUE.

Volontiers, je la supplierai...

GUSTAVE.

Qu'elle me pardonne.

ANGÉLIQUE.

Oh! elle pardonnera, pour sûr.

GUSTAVE.

Conjurez-la !...

ANGÉLIQUE.

Je la prierai, je la conjurerai en larmes de vous aider dans toute cette affaire ; mais seulement ne désespérez donc pas, monsieur Gustave !

GUSTAVE.

Entre vos mains se trouvent ainsi mon bonheur et ma vie !

ANGÉLIQUE.

Comment cela, dans les miennes ?

GUSTAVE.

La mère une fois gagnée...

ANGÉLIQUE.

Oh ! elle le sera, elle le sera ; je ne crains pas le contraire ; mais, après tout, que pourra ma mère elle-même ?

GUSTAVE.

Elle désarmera mon oncle.

ANGÉLIQUE, *avec joie.*

Mais oui ; voilà qui est excellent ; j'y cours à l'instant même, puisqu'il s'agit ici de vie ou de mort.

GUSTAVE.

Au nom de Dieu ! arrêtez encore. Le moment serait bien mal choisi. Dans notre situation actuelle, votre mère aurait parfaitement raison d'être offensée contre mon oncle, qui paraissait se jouer de votre tranquillité et de votre bonheur en voulant me les confier. Je crois qu'aujourd'hui les explications dont il s'agit brouilleraient votre mère avec mon oncle à tout jamais, et alors, devenu l'objet de leur haine commune, il n'y aurait que la mort...

ANGÉLIQUE.

Que faut-il donc faire ?

GUSTAVE.

Voulez-vous m'aider ?

ANGÉLIQUE.

Volontiers.

GUSTAVE.

Eh bien ! restons sur le même pied qu'à présent ; je jouerai toujours l'amoureux, vous me marquerez toujours de l'indifférence, et lorsque, un peu plus tard, on nous pressera de nous décider, lorsque je vous aurai fait une déclaration formelle et que vous m'aurez répondu par un refus pareil, votre mère et mon oncle étant en quelque sorte préparés à voir tomber leur plan, ce sera alors le moment propice où j'invoquerai votre secours pour tout expliquer à votre mère et pour me concilier son pardon.

ANGÉLIQUE.

C'est entendu.

GUSTAVE, *baisant la main d'Angélique.*

Ainsi, sans aucune haine...

ANGÉLIQUE.

Je verrai avec joie réussir notre plan.

GUSTAVE.

Daignez vous rappeler combien mes confidences ont mis mon sort entier entre vos mains. Je n'ai personne au monde, excepté vous, pour m'aider dans ma position actuelle ; vous êtes tout mon espoir, tout mon refuge. Oh ! si j'obtiens de votre main mon Angélique, les sentiments de toute ma vie ne suffiront pas pour vous témoigner ma reconnaissance pour un bien que j'ai encore peu mérité, mais dont je ne manquerai pas de me rendre digne !

(*Il lui baise la main avec tendresse, et Radoste, qui survient inaperçu en ce moment, applaudit.*)

SCÈNE II.

ANGÉLIQUE, GUSTAVE, RADOSTE.

ANGÉLIQUE.

A-t-il entendu ?

GUSTAVE.

Quoi, quoi ?

RADOSTE.

Bravo ! bravo ! mes enfants.

GUSTAVE, *en se mettant à genoux devant Radoste.*

Mon oncle, pardonnez !

RADOSTE, *reculant avec étonnement.*

Allons, qu'est-ce que cela veut dire ?

GUSTAVE, *tout bas.*

Puisque vous avez tout entendu, grondez donc ! ferme !

RADOSTE.

Mais, cher Gustave !...

GUSTAVE, *tout bas.*

Fâchez-vous donc ! (*haut.*) Ayez pitié de mon désespoir ! (*faisant un mouvement comme s'il avait été repoussé.*) Ah ! que votre main ne me repousse pas ainsi ! (*bas.*) Mais mettez-y donc de la colère, cher oncle.

RADOSTE.

Écoute donc, fou que tu es !

GUSTAVE, *bas.*

C'est trop peu ; allons, plus d'indignation !

RADOSTE.

As-tu donc complètement perdu l'esprit ?

GUSTAVE, *bas.*

Bien ! (*haut.*) C'en est fait !

RADOSTE.

Ah ! cela est déjà trop !

GUSTAVE, *haut.*

J'ai tout avoué à Angélique. (*bas.*) Maintenant, grondez, tonnez...

RADOSTE.

Mais, par tous les...

GUSTAVE, *bas.*

C'est ça, c'est ça.

RADOSTE.

Tu te moques de moi.

GUSTAVE, *d'un ton tragique.*

Mon oncle, mon oncle, vous voulez donc ma mort?

RADOSTE, *avec colère.*

Mon cher monsieur, vos plaisanteries sont trop fortes. Faites ce que vous voulez, devenez ce que vous voulez, ce ne sera pas moi qui me mêlerai de chercher une femme à un vrai fou, à un véritable aliéné.

(Il sort.)

SCÈNE III.

ANGÉLIQUE, GUSTAVE.

ANGÉLIQUE, *avec inquiétude.*

Qu'arrivera-t-il de cette scène?

GUSTAVE.

J'en frissonne encore.

ANGÉLIQUE.

Vous n'avez pu réussir à le calmer.

GUSTAVE.

C'est incroyable.

ANGÉLIQUE.

Peut-être n'a-t-il pas entendu?

GUSTAVE.

Comment! peut-être.

ANGÉLIQUE.

Mais, oui, peut-être.

GUSTAVE.

N'avez-vous pas dit le contraire?

ANGÉLIQUE.

C'était une question que je vous adressais.

GUSTAVE.

Il paraîtrait donc que toute cette histoire aurait eu lieu sans aucune nécessité et dans le moment le plus défavorable. Je suis maintenant presque convaincu qu'il n'a rien entendu; mais il se doutera facilement de quoi il s'agissait.

ANGÉLIQUE.

Un peu de réflexion nous aurait évité cet embarras.

GUSTAVE.

Il nous a tellement surpris à l'improviste!

ANGÉLIQUE, *avec inquiétude.*

Que pourrai-je désormais dans tout cela?

GUSTAVE, *à part.*

Je ne pouvais pas communiquer mon plan à mon oncle.

ANGÉLIQUE, *avec humeur.*

Aussi, comment peut-on faute de sang-froid s'exposer ainsi à voir crouler tous les plans que nous avions formés? Cette pauvre Angélique, comme elle en va souffrir!

GUSTAVE, *prenant la main d'Angélique.*

Aussi, comment ne pas l'aimer, cette chère Angélique?

ANGÉLIQUE.

Oui, il faut l'aimer.

GUSTAVE.

Je l'ai juré.

ANGÉLIQUE.

Je le crois.

GUSTAVE.

Tous mes désirs n'ont qu'elle pour but, et vous le voyez, ce n'est qu'en votre secours seul que je puis placer mes espérances.

ANGÉLIQUE.

Hélas! de quel secours puis-je vous être? Radoste, si bon d'ordinaire, paraît aujourd'hui animé d'une vengeance...

GUSTAVE.

S'il n'a rien entendu, je parviendrai à tout réparer.

ANGÉLIQUE.

Alors, monsieur Gustave, allez le trouver sans perdre de temps.

GUSTAVE.

Pour vous, tâchez d'éviter toute conversation avec mon oncle; faites en sorte que nous puissions bientôt nous voir encore tête à tête pour concerter nos plans. *(lui prenant la main.)* Surtout, rappelez-vous constamment que tout mon avenir est entre vos mains ainsi que le bonheur de cette Angélique dont rien ne me séparera plus désormais.

(Il lui baise la main à plusieurs reprises et sort.)

SCÈNE IV.

ANGÉLIQUE, *seule.*

(Elle se promène pensive, s'assied et médite.)

C'est vraiment singulier, extraordinaire! comme tous ces discours passionnés, nouveaux pour moi, résonnent encore à mes oreilles! Comme il doit l'aimer! Il n'y a là aucune tromperie; on lisait dans ses yeux la vérité de ses paroles. Il est heureux, elle est heureuse; que manque-t-il à leur bonheur? un mot, un seul mot!... Ils ont foi dans leur amour; il est sincère leur amour. Suis-je plus heureuse de n'y pas croire? Ah! je ne sais ce qui se passe en moi!

SCÈNE V.

ANGÉLIQUE, CLARA.

CLARA.

Que médites-tu là? est-ce le plan d'un livre?

ANGÉLIQUE.

Ah! ma chère Clara! si tu savais seulement... Mais ton amitié ne peut pas nous trahir... Je te dirai tout; ainsi, voilà la chose en deux mots : Gustave n'aime qu'Angélique et non pas moi!

CLARA.

Qui?

ANGÉLIQUE.

Une Angélique, te dis-je. Radoste y est contraire. C'est un très grand secret; ne le trahis pas, au nom de Dieu!

CLARA, *avec impatience.*

Mais je n'y entends rien.

ANGÉLIQUE.

Je ne t'en ai déjà que trop dit.

CLARA.

Quoi donc?

ANGÉLIQUE.

Cette haine, cette animosité si cruelle...

CLARA.

De qui?

ANGÉLIQUE.

De Radoste.

CLARA.

Et contre qui?

ANGÉLIQUE.

Contre elle.

CLARA.

Mais...

ANGÉLIQUE.

N'aie aucune crainte à mon égard; Gustave ne songe pas à m'épouser.

CLARA.

Ce n'est pas bien; les hommes doivent toujours vouloir nous épouser pour éprouver ensuite nos justes dédains; et surtout ce monsieur Gustave, qui enseigne aux autres comment les femmes doivent être gouvernées.

ANGÉLIQUE.

Ah! ce pauvre Gustave est assez malheureux!...

CLARA, *ironiquement.*

Malheureux!

ANGÉLIQUE.

Il était condamné à avoir des torts envers nous.

CLARA.

Je vois déjà que tu le juges d'un œil moins défavorable.

ANGÉLIQUE.

Je déteste toujours les hommes; mais Gus-

tave a déposé son sort entre mes mains, il faut donc que je le défende.

CLARA.

Oui, et tu es enchantée de ta mission!

ANGÉLIQUE.

Enchantée ou non, je ne puis pas le trahir.

CLARA.

Ah! trahis-le, ma chère, trahis, trahis ce sultan!

ANGÉLIQUE.

Non, jamais!

CLARA.

Je t'aiderai.

ANGÉLIQUE.

Et cette Angélique si fidèlement aimée...

CLARA.

Je n'y comprends rien encore.

ANGÉLIQUE.

Je t'expliquerai tout.

CLARA.

Parle donc!

ANGÉLIQUE.

Où est maman?

CLARA.

Elle venait de t'appeler.

ANGÉLIQUE.

Maman est si bonne! je lui ferai aussi ma confidence; mais, du reste, pas un mot a personne.

CLARA.

Mon Angélique, que Dieu te protége et te sauve du déshonneur de succomber dans les piéges des hommes! Je vois que ta haine à leur égard faiblit.

ANGÉLIQUE.

Non, non, je les hais comme je t'aime.

(*Elles sont au moment de sortir, lorsque survient Radoste.*)

RADOSTE, *s'écriant.*

Mademoiselle Angélique!... mademoiselle Clara... je vous prie... (*Il veut les retenir, mais elles lui échappent.*) Hum, hum! Gustave est pour quelque chose dans tout ceci... Elles se sont sauvées, Dieu sait pourquoi! Je jurerais que ce jeune fou... Allons, je vais l'attraper lui-même. (*En ce moment Gustave, entré par une porte, essaie de sortir inaperçu par l'autre; mais Radoste l'aperçoit et se met à courir après lui en criant :*) Arrête! attends-moi donc!

SCÈNE VI.

RADOSTE, GUSTAVE.

RADOSTE, *amenant Gustave par la main.*

Allons, je t'ai enfin attrapé une fois. (*Il le regarde fixement.*) Explique-moi ce que tu voulais dire avec ton « Pardonnez-moi, mon oncle ! »

GUSTAVE.

C'était comme ça.

RADOSTE.

Comment, comme ça ?

GUSTAVE.

Mais, comme ça.

RADOSTE.

Qu'est-ce que cela veut dire ?

GUSTAVE.

A peu près rien.

RADOSTE.

Rien ?

GUSTAVE.

Oui, rien.

RADOSTE.

Ce n'était rien lorsque tu invoquais mon pardon, lorsque tu me disais d'avoir pitié de ton désespoir ?

GUSTAVE.

Mais c'est une chose claire. En amour, il est bien désagréable, quand parfois (et qui peut le nier ?) un malentendu, une querelle, paraissant exercer toutes les forces du sentiment, provoquent une guerre, un bouleversement, cela met fin à toutes les plaisanteries ; c'est chose claire. Tu comprends, mon oncle ?

(Il veut sortir.)

RADOSTE, en le retenant.

Attends donc ; je n'y comprends rien du tout.

GUSTAVE.

Et moi, je ne sais m'expliquer plus clairement.

RADOSTE.

Pourquoi étais-tu à mes genoux comme au tribunal de la pénitence ?

GUSTAVE, feignant de se mettre en colère.

Ainsi, tu ne me crois pas, mon oncle ? bien, tu ne me crois pas ? (Il marche à grands pas.) Je sais donc ce que je ferai ; je monterai en voiture et je m'en irai. Holà, Jean !

RADOSTE, le suivant et le caressant.

Mais, allons donc, mon cher, mon petit Gustave...

GUSTAVE, avec une colère jouée.

C'est que, quand je te dis...

RADOSTE.

Eh bien ! n'en parlons plus.

GUSTAVE.

Je m'explique clairement et franchement.

RADOSTE.

Allons, je comprends tout, je crois à tout. (à part.) Mais c'est le salpêtre, le feu, la flamme, que ce garçon !

GUSTAVE, serrant son oncle dans ses bras.

Mon oncle chéri !

RADOSTE.

Ah ! mon bien-aimé Gustave ! (mélancoliquement.) tu n'écoutes jamais mes conseils !

GUSTAVE.

Je les écoute et je les estime. Tu verras si ce que je vais exécuter ne me méritera pas ton éloge.

RADOSTE.

Mais pourquoi Clara ?

GUSTAVE.

Ah ! cette Clara, c'est pour moi une véritable malédiction. On ne voit qu'elle partout ; c'est partout un obstacle ; têtue avec cela comme un jeune coq qui dresse toujours (en faisant un geste.) sa fière crète. Sais-tu, mon oncle, pour favoriser l'union générale, sais-tu ce que tu devrais faire ?

RADOSTE.

Par exemple !

GUSTAVE.

Tu devrais épouser Clara.

RADOSTE.

Es- tu fou ?

GUSTAVE.

Fais-moi cette amitié.

RADOSTE.

Vraiment, l'idée est digne de sortir de ta tête.

GUSTAVE.

Clara me gêne beaucoup.

RADOSTE, en haussant les épaules.

Et c'est pour cela que moi, vieux, je devrais... Allons donc ! d'abord elle ne te dérangera pas, si tu ne la déranges. Pourquoi veux-tu, par je ne sais quelles menées, lui aliéner le cœur d'Albin ?

GUSTAVE.

Albin a déjà rompu.

RADOSTE.

Comment ?

GUSTAVE.

Il est amoureux fou d'Angélique.

RADOSTE.

Qui ? Albin ?

GUSTAVE.

Albin.

RADOSTE.

Ah ! ce n'est pas croyable.

GUSTAVE.

Oui, oui, il l'aime à en mourir. Il n'y a plus à en parler, c'est une chose prouvée.

RADOSTE.

Albin ! cet Albin...

GUSTAVE.

N'est pas toujours or ce qui brille. Albin est un de ces esprits frivoles qui jurent d'un côté et sont amoureux de l'autre.

RADOSTE.

Mais toi, comment es-tu à présent avec Angélique?

GUSTAVE, *après un moment de silence et en faisant le geste de poser ses mains sur autrui.*

Pour cela, c'est le magnétisme...

RADOSTE, *avec étonnement.*

Quoi! le magnétisme?

GUSTAVE, *après une pause silencieuse.*

Le magnétisme, dit-on, c'est cette force
libre qui transmet d'un corps à l'autre les
sources de la vie; si j'ai donc assez de forces
primitives pour communiquer le feu qui me
consume, pourquoi ne réussirais-je pas à im-
primer, par une énergique volonté, le cachet
de mes sentiments sur une ame jeune, belle
et dont la pureté répond à celle de la neige
fraîchement tombée?

RADOSTE.

Je veux être damné si j'y comprends un
mot!

GUSTAVE.

J'aime et l'on m'aimera, est-ce clair?

RADOSTE.

C'est clair, mais c'est un peu présomptueux.

GUSTAVE.

Une certaine assurance précède et annonce
le bonheur, comme le bonheur précède et
annonce la gloire.

RADOSTE.

On t'aimera; seulement ne sois pas si
étourdi.

GUSTAVE.

Mon cher oncle, c'est à toi d'empêcher
cela.

RADOSTE.

Ah! est-ce que je n'y pense pas? est-ce que
je ne me casse pas assez la tête?

GUSTAVE.

Aussi suis-je toujours prêt à t'en remer-
cier.

RADOSTE.

Remercie quand tu veux, mais corrige-toi
en même temps.

GUSTAVE.

C'est ce que j'ai fait déjà selon tes ordres.
Tout finira bien, je l'espère, si tu feins seulement de ne pas même observer ce qui se
passera entre moi et Angélique; soit qu'il y
ait accord ou querelle, bruit ou calme, que
tes yeux, mon oncle, fassent semblant de
ne pas voir et tes oreilles de ne pas entendre.

RADOSTE.

Mais, qu'est-ce qui résultera de tout cela?

GUSTAVE.

Ce qui résultera?... (*Il embrasse Radoste.*)
Une noce!

(*Il sort.*)

RADOSTE, *seul.*

Trop de présomption et trop peu de raison!

ACTE QUATRIÈME.

SCÈNE I.

GUSTAVE, JEAN.

(*Gustave se promène pensif; Jean le suit pas à pas,
un mouchoir de soie noire à la main.*)

GUSTAVE, *lui tendant le bras gauche, mais sans
s'arrêter.*

Allons, mets ce bras en écharpe. (*à part.*)
C'en est fait! je sens pour elle un amour de
fou; mais elle!...

JEAN, *examinant la main de son maître.*

Rien du tout!

GUSTAVE, *s'arrêtant.*

Comment, rien du tout!

JEAN.

Non, je ne vois rien du tout à votre main.

GUSTAVE.

Ah! c'est de la main que tu parles... Fais
toujours ton nœud. (*à part.*) Elle me voit d'un
bon œil. Mais quand j'aurai changé de rôle...
comment et quand dois-je commencer?

JEAN, *suivant toujours Gustave et ne pouvant
achever de lier le bandage.*

Monsieur, ayez la bonté de rester tranquille un instant.

GUSTAVE, *à part.*

Oui, rester tranquille, certainement. Le
nœud est fait?

JEAN, *laissant échapper la main de Gustave qu'il
avait tenue jusqu'à ce moment.*

Oui, monsieur.

GUSTAVE.

Mais comment le délier?

JEAN.

Par l'un des deux bouts.

GUSTAVE, *comme s'il se réveillait avec colère.*

Jean!

JEAN.

Monsieur!...

GUSTAVE.

Tu es une bête.

JEAN.

Vraiment?

GUSTAVE, *jetant à bas le mouchoir qui enveloppait son bras.*

Tu me bandes la main gauche! est-ce que 'écris de la main gauche?

JEAN.

Mais où avez-vous donc mal?

GUSTAVE.

Que t'importe? Bande-moi la main droite. (*Il tend la main gauche et recommence à marcher. — à part.*) Oh! j'aime pour la première fois!

JEAN.

Mais, monsieur...

GUSTAVE, *sans discontinuer de marcher.*

Allons,.vite! (*à part.*) Quelle autre passion? quelle autre...

JEAN.

Monsieur, c'est toujours la même.

GUSTAVE.

Tu mens.

JEAN.

C'est la gauche cependant.

GUSTAVE, *tendant sa main droite.*

Ah! tu parles de la main... Eh bien! comme tu es lent. (*Il recommence à se promener et à traîner Jean après lui.*) Oui, je serai aimé!... Mais tu vas me casser le bras?

JEAN.

Lequel, monsieur?

GUSTAVE.

Envoie tout cela au diable!

JEAN.

Mais, faire un nœud, ce n'est pas difficile.

GUSTAVE.

Ce qui est difficile, c'est de savoir se taire.

SCÈNE II.

GUSTAVE, ALBIN.

(*Jean sort sur un geste de Gustave.*)

GUSTAVE, *à part.*

Je sens déjà une sorte d'humidité. Voilà la source aux pleurs. (*à Albin.*) Mélancolique Albin, le brouillard qui s'élève de tes larmes remplit toute la maison, comme une rosée matinale!

ALBIN.

Il ne parvient cependant pas à amollir mon rocher.

GUSTAVE.

Avant donc qu'il acquière cette qualité, je vais t'aider par un autre moyen.

ALBIN.

Donne-moi des conseils si tu veux, pourvu qu'ils aient plus de succès que ce matin.

GUSTAVE.

Ai-je donc mal conseillé?

ALBIN.

Dieu seul peut en juger.

GUSTAVE.

Vous serait-il arrivé quelque chose?

ALBIN.

On m'a montré la porte. Conseille-moi ce que tu voudras, hors de commander à Clara.

GUSTAVE.

D'abord il faut que je te console.

ALBIN.

Me consoler, me consoler, ô ciel!

GUSTAVE.

Oui, Clara t'aime.

ALBIN.

Amère plaisanterie!

GUSTAVE.

Je t'assure...

ALBIN.

Je n'en crois rien.

GUSTAVE.

Te faut-il des serments?

ALBIN.

Comment le sais-tu?

GUSTAVE, *d'un air offensé.*

Eh! crois ou ne crois pas, obstiné que tu es; mais n'exige pas de moi que je trahisse les confidences qu'on m'a faites.

ALBIN, *serrant Gustave dans ses bras.*

Ah! Gustave, je ne connais pas d'expressions... mais vois mes larmes.

GUSTAVE, *d'un ton caressant.*

Assez, assez, mon cher Albin!

ALBIN.

Elle m'aimerait?

GUSTAVE.

Éperdument.

ALBIN.

Et qu'en résultera-t-il?

GUSTAVE.

Ton mariage.

ALBIN.

Mon mariage!... avec elle? avec Clara? Mon mariage!

GUSTAVE.

Oui, mais à condition que tu danseras sur l'air que je chanterai; le promets-tu sur l'honneur?

ALBIN.

Oh! bien; que faut-il donc faire?

GUSTAVE.

D'abord faire mentir les vœux de Clara, ces vœux, seule source de tes malheurs, puis la forcer à dire la vérité.

ALBIN.

Quel excès de bonheur !

GUSTAVE.

Tu te contentes de si peu ?

ALBIN.

O ciel ! être uni à Clara !

GUSTAVE.

Mais, par tous les diables ! tu es insupportable !

ALBIN.

Que veux-tu ?

GUSTAVE.

Que tu m'écoutes.

ALBIN.

Je suis tout oreille.

GUSTAVE.

Fais-lui sentir que tu en aimes une autre.

ALBIN.

Dieu ! n'achève pas ! j'en meurs !

GUSTAVE.

C'est pour peu de temps.

ALBIN.

Non, jamais !

GUSTAVE.

Un seul jour !

ALBIN.

Je ne veux pas.

GUSTAVE.

Seulement une heure !

ALBIN.

Je mourrais plutôt.

GUSTAVE, *impatienté.*

Meurs donc.

ALBIN.

Mes sentiments ne changeront jamais.

GUSTAVE.

Eh bien ! fais semblant de les étouffer.

ALBIN.

Je ne puis.

GUSTAVE.

Ou d'aimer un peu moins.

ALBIN.

Il me faudrait feindre ?

GUSTAVE, *d'un ton suppliant.*

Un peu.

ALBIN, *après une pause.*

Je ne me fie pas assez dans mes forces.

GUSTAVE, *à part.*

Va au diable ! (*s'adressant à Albin.*) Garde
donc au moins le silence.

ALBIN.

Combien de temps ?

GUSTAVE.

Un jour.

ALBIN

Me taire ?

GUSTAVE.

Et ne pas tomber en défaillance.

ALBIN.

Un jour ?

GUSTAVE.

Ne pas soupirer.

ALBIN.

Ne pas soupirer ? (*Après une pause.*) Le pourrai-je ?

GUSTAVE, *avec énergie.*

Tu t'en dédommageras une autre fois ; tu
seras libre de gémir, soupirer et pleurer des
journées entières ; mais, pour l'instant, trève
à tout cela.

ALBIN.

Et quand j'aurai exécuté tes ordres, quand
Clara aura la conviction qu'Albin ne soupire
plus ?...

GUSTAVE, *impatienté.*

Je te la ferai épouser, épouser !

ALBIN, *après une pause.*

Ainsi, jusqu'à demain ?

GUSTAVE.

Mais, silence !

ALBIN.

Bien.

GUSTAVE.

Tu le jures ?

ALBIN.

Cependant...

GUSTAVE.

Eh bien ?

ALBIN.

Oui, je le jure.

GUSTAVE.

Maintenant, adieu. (*en l'embrassant.*) Aime-
moi, (*le tournant vers la porte.*) et va-t-en.
(*Albin sort.*) J'ai taillé de la besogne à Clara ;
qu'elle l'aime ou non, sa curiosité sera éveil-
lée par le changement qu'elle apercevra, et
avant qu'elle ne parvienne à démêler la vérité, je me serai déjà pas à pas rapproché de
mon but.

SCÈNE III.

GUSTAVE, ANGÉLIQUE.

ANGÉLIQUE, *entrant avec précaution.*

Eh bien ! Radoste a-t-il entendu ?

GUSTAVE.

Non, heureusement non.

ANGÉLIQUE.

Ah ! je respire enfin !

GUSTAVE.

J'ai tout raccommodé.

ANGÉLIQUE.

Je mourais de peur.

GUSTAVE, *prenant la main d'Angélique.*

Que de reconnaissance ne dois-je pas à
votre bonté, à votre sollicitude si amicale !

ANGÉLIQUE.

Mais qu'ai-je fait pour mériter votre reconnaissance?

GUSTAVE.

Vous avez la volonté de bien faire.

ANGÉLIQUE.

Mais c'est si agréable!

GUSTAVE.

Je vais vous en offrir une nouvelle occasion.

ANGÉLIQUE.

Laquelle?

GUSTAVE.

Je me suis blessé à la main.

ANGÉLIQUE.

Comment? mais pas grièvement, j'espère?

GUSTAVE.

Non; cependant je ne suis pas en état de
tenir une plume. (*timidement.*) Si vous vouliez
me remplacer cette fois?

ANGÉLIQUE.

Pourquoi faire? pour écrire?

GUSTAVE.

Une lettre.

ANGÉLIQUE.

Une lettre? c'est impossible.

GUSTAVE.

Un mot.

ANGÉLIQUE.

Un mot? et à qui?

GUSTAVE.

A mon Angélique.

ANGÉLIQUE.

Comment! moi j'écrirais de pareilles let-
tres!

GUSTAVE.

Mais quel mal y aurait-il?

ANGÉLIQUE.

Je n'y consentirai jamais.

GUSTAVE, *d'un ton triste.*

Je me suis blessé à la main.

ANGÉLIQUE.

Peut-être quelque autre personne...

GUSTAVE.

Ah! qui partage mes soucis? à qui devrai-
je me confier? qui donc consentira à me rendre service, quand vous, vous êtes sourde à
mes plaintes?

ANGÉLIQUE, *attendrie.*

Mais, que dois-je faire? (*Après une pause.*) Le
mieux est de ne pas écrire.

GUSTAVE.

Angélique, votre vie est encore dans toute
sa fleur; vous ne connaissez que les plaisirs
et non pas les souffrances. Vous n'avez jamais
senti le supplice de la séparation; alors il n'y
a plus pour nous au monde qu'un seul et
unique point, celui où se trouve l'être qui
nous est cher, un seul et unique instant, celui où nous en recevons des nouvelles. Vous
ignorez comment alors l'œil scrutateur s'enflamme, comment chaque bruit refoule dans
notre sein le souffle le plus léger, quelle douleur enfin succède à chaque heure d'inutile
attente!

ANGÉLIQUE.

Voilà donc l'amour! Aimez après cela!

GUSTAVE.

Ah! aimez, aimez, ce sont des plaisirs di-
vins!

ANGÉLIQUE.

Ah! je n'en crois rien.

GUSTAVE.

Pourquoi?

ANGÉLIQUE.

Je ne sais, mais l'amour me fait peur.

GUSTAVE.

Vous craignez l'amour?

ANGÉLIQUE.

Oui, je le crains.

GUSTAVE.

Vous le craignez comme l'enfant craint le
médecin, qui seul cependant peut lui sauver
la vie. Ah! la froide indifférence est un ou-
trage à la nature; une ame incapable de faire
un choix, de s'attacher à une autre ame, lais-
sera toujours percer à travers ses sentiments
un froid calcul; elle n'appréciera jamais ce
que c'est que d'agir pour le bien des autres;
elle ne comprendra jamais la valeur d'une
larme, le prix de la fraternité qui doit lier
le genre humain. Mais, dès que mon cœur
respire l'amour, dès que je prononce le mot
j'aime, je me sens vivre, je me sens heureux,
et dans une extase d'enchantement je voudrais
presser le monde entier sur mon sein!

ANGÉLIQUE.

Oui, si le véritable amour était possible?

GUSTAVE.

Il n'y a qu'un amour.

ANGÉLIQUE.

Mais il y a mille manières de le feindre.

GUSTAVE.

Renonçons donc à la lumière, parce qu'il
y a aussi des ténèbres.

ANGÉLIQUE.

Nous renonçons souvent au bien à cause
des apparences trompeuses qui l'entourent.

GUSTAVE, *prenant la main d'Angélique.*

Ah! vous pouvez ne pas croire à la magie
du regard, qui se glissant lentement vient se
reposer dans vos yeux, au tremblement de
la main qui saisit la vôtre, à la voix qui commence à pénétrer dans votre ame; mais ayez
foi au moins dans votre sentiment intime.
Cette tendresse inquiète, ces désirs vagues,
et surtout cette espèce de penchant irrésis-
tible qui domine le sort, ce sont là autant

de preuves d'un sentiment qui n'est que l'écho de l'amour véritable et profond qui l'a provoqué. (*Angélique fait un geste d'incrédulité.*) Croyez-moi, il y a des ames prédestinées l'une pour l'autre; si même le hasard les pousse dans des directions contraires, elles finissent, malgré tous les coups du sort, par se rapprocher, par se lier indissolublement dans ce monde-ci ou dans l'autre. C'est ainsi que les parfums de deux fleurs différentes se confondent à mesure qu'ils s'élèvent et finissent par s'absorber enfin à une certaine hauteur! (*Angélique devient pensive, Gustave continue après une pause.*) Dites vous-même; qu'est-ce qui, dès le premier moment, a pu m'inspirer envers vous une confiance si entière, qu'est-ce qui a pu m'encourager à vous faire des aveux, si ce n'est le cœur qui ne trompe jamais?

ANGÉLIQUE.

Ah! comment est-il possible qu'on soit infidèle!

GUSTAVE.

Clara me trahit la première.

ANGÉLIQUE.

Vous vous trompez fort.

GUSTAVE.

Tout ce qui pourrait m'arriver de mal serait profit pour elle.

ANGÉLIQUE.

Comment, Clara en profiterait? mais en quoi?

GUSTAVE.

Elle épouse Radoste.

ANGÉLIQUE.

Radoste?

GUSTAVE.

Oui; dès l'instant où ses projets à mon égard échoueront, par vengeance contre moi il veut se marier avec Clara et me priver de toute sa fortune.

ANGÉLIQUE.

Cela ne se peut pas.

GUSTAVE.

C'est un plan arrêté.

ANGÉLIQUE.

Mais Clara n'y consentira pas.

GUSTAVE.

Tout est décidé.

ANGÉLIQUE.

Son aversion si sincère pour le mariage...

GUSTAVE.

Sincère ou non, elle n'empêchera rien. Radoste est riche, le père de Clara avide de richesses; bref, comme deux et deux font quatre, un jour ou l'autre Clara deviendra la femme de Radoste.

ANGÉLIQUE.

Et ses vœux?

GUSTAVE.

Ses vœux! vrai rêve! Angélique, vous aussi vous feriez bien de quitter cette voie funeste pendant qu'il en est temps encore et que je suis en état de vous donner mes conseils. Avouez-le franchement; lorsque notre pensée, prenant son essor, nous retrace l'image ravissante du bonheur, lorsque l'imagination revêt de ses plus brillantes couleurs ses créations éphémères, mais chéries, que voyons-nous apparaître avec l'éclat le plus pur, si ce n'est l'image de l'amour constant et sincère, l'amour d'un couple généreux, qui, avec le consentement des deux familles, se présente devant l'autel nuptial. Ah! on donne le nom d'heureux à ceux qui sont aimés, mais selon moi celui qui aime est encore plus heureux. Identifier le sort de plusieurs personnes avec le sien, ne vivre et ne sentir qu'en faisant écho en quelque sorte avec les êtres qui nous sont chers, ne sentir le prix de l'existence que pour ceux auxquels on a consacré chaque pulsation de son cœur, posséder l'univers dans la retraite la plus modeste, y trouver le but et la récompense de toute une vie, et, terminant sa carrière tracée par la Providence, pouvoir étendre ses espérances au-delà même du tombeau, voilà, ce me semble, les véritables, les seules conditions du bonheur; et c'est vous, vous, hélas! qui voudriez y renoncer?

ANGÉLIQUE, *avec enthousiasme.*

Non, jamais! (*se modérant.*) Ah! que sais-je encore? (*vivement.*) Mais je veux écrire votre lettre, pour que mes idées n'occasionnent à personne au monde une seule larme... (*avec attendrissement.*) Je ferai consister tout mon bonheur dans le bonheur des autres.

GUSTAVE.

Tu veux écrire, tu écriras, ange chéri! Que ne fais-tu pour moi? quelle reconnaissance ne te dois-je pas? (*Il lui baise la main.*) Oh! si tu pouvais seulement lire dans mon cœur!

ANGÉLIQUE.

Mais, Gustave...

GUSTAVE.

Ne m'interroge pas. Je pourrais dire plus qu'il ne faut. — Du papier, une plume. (*Il la contemple avec ravissement et lui prend la main.* Pourquoi! ô ciel! n'est-ce qu'ainsi... Mais tu me comprendras; tu as déjà su me comprendre, et tu sais pardonner.

(*Il lui baise la main et sort.*)

ANGÉLIQUE, *seule, après un moment de silence.*

Haïr tous les hommes! Oui, on raisonne, on déclame là-dessus, mais ce n'est pas chose si facile. De la colère à la haine le chemin n'est pas long, surtout lorsqu'on vient d'être victime de quelque perfidie; mais quand quelqu'un nous serre la main avec tendresse, ma foi! il n'y a pas de femme qui puisse se fâcher.

SCÈNE IV.

ANGÉLIQUE, CLARA.

CLARA.

Qui est-ce qui était ici?

ANGÉLIQUE, *avec un certain embarras.*

Comment? de qui parles-tu?

CLARA.

Mais qui est-ce qui vient de te parler?

ANGÉLIQUE.

Gustave passait...

CLARA.

Il a renouvelé ses plaintes?

ANGÉLIQUE.

Un peu.

CLARA.

Vous vous êtes entretenus si long-temps!

ANGÉLIQUE.

Du tout, du tout, comme je t'aime.

CLARA.

Qu'y a-t-il de nouveau?

ANGÉLIQUE.

Tu ne voudras pas y croire. Figure-toi, il veut t'épouser.

CLARA.

M'épouser! (*sautant de joie.*) Oh! quel plaisir j'aurai à me venger et à tourmenter ce M. Gustave, qui, j'espère, sera bientôt payé suivant son mérite.

ANGÉLIQUE, *un peu blessée.*

Mais, cet épouseur, ce n'est pas Gustave, c'est Radoste.

CLARA.

Le vieux Radoste?

ANGÉLIQUE.

Radoste et non pas Gustave.

CLARA.

Je ne veux pas de lui.

ANGÉLIQUE.

Je le crois bien.

CLARA.

Je le déteste.

ANGÉLIQUE.

Malgré tout, si Gustave n'accomplit pas les volontés de Radoste, ce dernier t'épousera par vengeance contre son neveu.

CLARA.

Mais qui peut me forcer à lui donner la main?

ANGÉLIQUE.

Ton père; ton père, dont tu connais la passion pour l'or. Radoste est un Crésus; ce point établi, il n'y aura plus à en parler, et tu seras sa femme.

CLARA, *dissimulant avec peine un trouble croissant.*

Je ne la serai pas! Je ne crains rien. Mon père a sa volonté, j'ai la mienne. Je ne crains pas; non... Cependant que faire à présent?... Quand mon père est préoccupé d'une idée, impossible de l'en détourner. — Il n'y a plus moyen...

ANGÉLIQUE.

Cela s'arrangera peut-être.

CLARA, *après une longue pause.*

Si tu épousais Gustave?

ANGÉLIQUE.

Et nos vœux?

CLARA.

Que l'une de nous puisse au moins les tenir, si cela devenait impossible pour toutes les deux.

ANGÉLIQUE.

Mais Gustave en aime une autre.

CLARA.

Malheureuse affaire! Il faut que j'aille consulter ma tante.

ANGÉLIQUE.

Va, et confie-lui tout sous le sceau du secret.

CLARA.

Ma tante trouvera bien le moyen de ne pas me faire mourir à côté de cette vieille carcasse!

ANGÉLIQUE, *inquiète.*

Va, cours; chaque heure est précieuse dans une pareille circonstance.

CLARA.

Je préfère déjà le couvent, et même Albin!
(*Elle sort.*)

ANGÉLIQUE, *feignant de la rappeler, mais à voix basse.*

Écoute, écoute, Clara! Eh bien! la voilà partie! Je voulais lui parler de cette singulière correspondance, dont j'ai promis de m'occuper. Je l'ai appelée; mais puisqu'elle ne m'entend pas, que dois-je faire? j'écrirai donc comme je m'y suis engagée.

SCÈNE V.

ANGÉLIQUE, GUSTAVE.

GUSTAVE, *tenant à la main tout ce qu'il faut pour écrire.*

Voilà tout ce qu'il faut. Mettons-nous à l'ouvrage.

ANGÉLIQUE.

J'ai prévenu Clara.

GUSTAVE, *à part.*

C'est excellent ! (*haut.*) Et si elle en parlait ?

ANGÉLIQUE.

A qui et pourquoi ?

GUSTAVE.

A mon oncle !

ANGÉLIQUE.

Pour cela, je garantis que non.

GUSTAVE.

Comment a-t-elle reçu la nouvelle ?

ANGÉLIQUE.

Les larmes aux yeux.

GUSTAVE.

Ces larmes ne prouvent rien. A qui la faute ? Albin ne l'aimait-il pas sincèrement ?

ANGÉLIQUE.

Il l'aime toujours.

GUSTAVE.

Oh ! du tout !

ANGÉLIQUE.

Je le sais mieux que vous.

GUSTAVE.

Il aime, mais ce n'est plus Clara.

ANGÉLIQUE.

Qui donc ?

GUSTAVE.

Hum ! qui ? (*Après une pause.*) Je me tairai là-dessus.

ANGÉLIQUE.

Ce qu'on a pu vous dire sous ce rapport n'est qu'une fable. Albin est notre voisin, l'habitué de la maison ; nous connaissons parfaitement toutes ses relations.

GUSTAVE, *feignant de céder.*

Enfin, puisqu'il faut parler franchement, c'est de toi qu'Albin est devenu amoureux tout a coup.

ANGÉLIQUE.

De moi ?

GUSTAVE.

Oui, de toi. Il se meurt d'amour. Il n'y a pas à perdre des paroles inutiles à ce sujet ; la chose n'est que trop réelle.

ANGÉLIQUE.

Mais, au nom du ciel, cette passion si brusque...

GUSTAVE.

Il changeait insensiblement ; car peut-on conserver son amour dans toute sa force, lorsque pendant des années entières on n'est payé que de mépris ? D'un autre côté, peut-on impunément passer près de toi ces mêmes années ? Ta bonté, tes charmes, font qu'on ne peut pas apprendre à te connaître et ne pas t'aimer. Dis, n'est-il pas vrai ?

ANGÉLIQUE.

La question est assez singulière ! (*après une pause.*) C'est donc moi qu'il aime ?

GUSTAVE, *vivement.*

Mais je te conseille de ne pas trop croire Albin ; c'est une passion changeante que celle qui est le produit des refus qu'on a essuyés.

ANGÉLIQUE.

Mais il fait encore des serments à Clara ?

GUSTAVE.

C'est un rêve après le sommeil.

ANGÉLIQUE.

Il soupire.

GUSTAVE.

Par politesse.

ANGÉLIQUE.

Il pleure.

GUSTAVE.

Par habitude.

ANGÉLIQUE.

Mais...

GUSTAVE.

C'est sûr comme je te le dis

ANGÉLIQUE, *prenant une plume.*

Écrivons donc.

GUSTAVE, *d'une voix émue.*

« Chère Angélique ! » (*Après une pause pendant laquelle Angélique a l'air étonné.*) Écris cela, de grace !

ANGÉLIQUE.

Ce nom m'abuse... (*Après avoir écrit.*) Albin m'aime ?

GUSTAVE.

Est-ce que les plaintes, les offres d'Albin repoussées ailleurs, est-ce que son changement subit pourraient t'intéresser ou te flatter ?

ANGÉLIQUE.

Ai-je mérité une pareille question ?

GUSTAVE.

Pardonne, je viens de t'offenser, emporté que j'étais par une sorte de crainte injuste ; mais aussi il n'y a que moi qui sache l'ame qui te conviendrait ; il faudrait que cette ame t'aimât au-delà de toute expression !

ANGÉLIQUE.

Écrivons.

GUSTAVE.

Écrivons. « Le ciel nous envoie dans notre malheur un ange de bonté ; c'est lui qui prend la plume pour adoucir nos soucis... »

ANGÉLIQUE.

Mais il ne me convient pas d'écrire cela.

GUSTAVE.

C'est moi qui parle dans cette lettre ; et, en toute réalité, comment pourrais-je vous y nommer autrement ?

ANGÉLIQUE.

Écrivons donc.

GUSTAVE.

Écrivons. « Ne craignez plus rien ; la personne que mon oncle a voulu me faire épouser me déteste... »

ANGÉLIQUE.

Mais non, monsieur Gustave !

GUSTAVE.

Comment faut-il écrire ?

ANGÉLIQUE.

Il faut changer le passage.

GUSTAVE.

Change, si tu veux.

ANGÉLIQUE.

Oh ! très volontiers.

GUSTAVE, *en lisant par-dessus les épaules d'Angélique.*

« M'accueille bien. » (*prenant la main d'Angélique.*) Est-ce sûr ?

ANGÉLIQUE, *dégageant lentement sa main.*

Ai-je besoin de parler pour me faire comprendre ?

GUSTAVE.

Tu me connais donc à présent ?

ANGÉLIQUE.

Je le crois.

GUSTAVE.

Et cette connaissance deviendra-t-elle un jour, avec le temps, de l'amitié ?

ANGÉLIQUE.

L'amitié existe déjà et restera à jamais.

GUSTAVE, *avec feu.*

A jamais ! à tout jamais !

ANGÉLIQUE.

A tout jamais !

GUSTAVE.

Ah ! c'en est trop ; je ne puis plus rien te cacher. Angélique, je t'aime plus que la vie !

ANGÉLIQUE, *faisant un geste d'étonnement.*

Comment ?

GUSTAVE, *se ravisant et d'un ton calme.*

Ecris, de grace !

ANGÉLIQUE, *penchée sur le papier, paraît chercher quelque chose dans sa mémoire.*

Comment disiez-vous ? Je t'aime...

GUSTAVE.

Ah ! répète !...

ANGÉLIQUE.

Je t'aime plus que la vie. N'était-ce pas ainsi ? — Et après ?

GUSTAVE.

Après ? Qu'il est doux de croire !

ANGÉLIQUE.

Écrivons donc.

GUSTAVE.

Écrivons. Mais tu prononces mal ce que tu relis. Il faut que ta voix rende la pensée qu'expriment les mots. Le mot j'aime n'exprime-t-il pas un engagement à remplir des devoirs envers soi-même, envers les autres

et même envers le Créateur ; comment donc pourrait-on jamais le prononcer froidement ? Tu aimes ta mère, un frère, un ami : je t'aime, tu m'aimes ; rien donc que pour tenter un essai, fais que ta voix rende au mot j'aime toute son importance, et adresse-moi ces nouveaux accents.

ANGÉLIQUE, *fixant ses regards sur Gustave.*

J'aime !

GUSTAVE.

Ce n'est pas assez senti. (*lui donnant l'exemple, il dit avec passion.*) Je t'aime !

ANGÉLIQUE, *plus tendrement.*

J'aime !

GUSTAVE.

C'est encore trop timide.

ANGÉLIQUE.

Ah ! j'aime ! j'aime !

GUSTAVE.

Bravo ! De mieux en mieux. Répète souvent ce mot, l'habitude fera le reste !

ANGÉLIQUE.

Écrivons donc.

GUSTAVE.

Écrivons.

ANGÉLIQUE.

On vient !

GUSTAVE.

Mais non.

ANGÉLIQUE, *se levant.*

J'entends...

GUSTAVE, *lui baise la main.*

Remettons la correspondance.

(*Il sort précipitamment.*)

ANGÉLIQUE, *courant après lui.*

Et la lettre, la lettre ? (*s'en retournant.*) Comme il écrit bien !

SCÈNE VI.

MADAME DOBROYSKA, ANGÉLIQUE.

ANGÉLIQUE, *cachant soigneusement la lettre de Gustave.*

Le secret d'autrui est chose sacrée.

MADAME DOBROYSKA, *à la cantonade.*

Dites tout ce que vous voudrez, mes chères demoiselles ; pour moi, ce que je trouve de mieux à faire, c'est d'interroger Radoste ; ce sera le moyen le plus court pour parvenir à voir clair dans tout ceci.

ANGÉLIQUE.

Mais Gustave, au nom du ciel !

MADAME DOBROYSKA.

Gustave nous a fait des contes. Qu'il aime, je veux bien le croire ; mais que Radoste le sache, et cependant l'amène chez nous, c'est ce qu'on ne me persuadera pas. Gustave, assurément, a ses défauts comme tout autre, mais il est jeune, joli garçon...

ANGÉLIQUE, *naïvement.*

C'est aussi mon avis.

MADAME DOBROYSKA.

Il peut réussir à plaire.

ANGÉLIQUE.

Sans doute, sans doute, chère maman!

MADAME DOBROYSKA.

Et je sais que son cœur vaut mieux que sa tête.

ANGÉLIQUE.

Oui, je pense absolument comme vous.

MADAME DOBROYSKA.

Les suites auraient pu devenir vraiment fâcheuses, si Gustave eût su te plaire, même un peu... (*Angélique soupire.*) Mais non, et encore une fois non, il y aurait trop de légèreté dans la conduite de Radoste.

ANGÉLIQUE.

Cependant j'ai vu Gustave à ses pieds.

MADAME DOBROYSKA.

C'est encore vrai.

ANGÉLIQUE.

Leurs discours!

MADAME DOBROYSKA.

Leur querelle!

ANGÉLIQUE.

La vivacité de cette querelle!

MADAME DOBROYSKA.

Qui aurait pu se douter qu'un homme comme lui fût capable de pareilles choses? Se venger, se marier à son âge!

ANGÉLIQUE.

Ma chère maman, ne lui donnez pas Clara!

MADAME DOBROYSKA.

Il faut que je connaisse d'abord les intentions du père à ce sujet, et puis il me convient de lui adresser mes conseils plutôt qu'à sa fille.

ANGÉLIQUE.

Que vos conseils la soutiennent au moins à présent!

(*Pendant l'entrée de Clara, Angélique enlève en secret tout ce qui avait servi pour écrire, et sort.*)

SCÈNE VII.

MADAME DOBROYSKA, CLARA.

CLARA.

Que vais-je devenir dans cet affreux malheur?

MADAME DOBROYSKA.

Peut-être ton père ne voudra rien faire contre ta volonté.

CLARA.

Et s'il le veut, s'il le veut?

MADAME DOBROYSKA.

Il faudra lui obéir.

CLARA.

La belle consolation! Voilà un père!

MADAME DOBROYSKA.

Ne le blâme pas ainsi, il veut ton bonheur.

CLARA.

Oh! le joli bonheur, n'est-ce pas, ma tante, qu'un vieux mari!

MADAME DOBROYSKA.

Mais il est bon.

CLARA.

Que me fait sa bonté?

MADAME DOBROYSKA.

Tu avais oublié que tu es encore sous la puissance paternelle, que tout le monde ne se laisse pas mystifier comme Albin; et, connaissant ton père, tu aurais pu deviner que ton mépris pour Albin lui serait désagréable, et que si, pour cette fois, il ne te forçait pas au mariage, il pourrait donner des ordres qui te seraient plus pénibles encore à remplir.

CLARA.

Ce Radoste, qui paraissait si éloigné de songer au mariage! Albin au moins est jeune et amoureux. Si je dois subir le mariage, je préfère encore Albin.

(*On entend Radoste qui tousse.*

MADAME DOBROYSKA.

Ah! le voilà!

CLARA.

Il commence à soupirer.

MADAME DOBROYSKA, *à part.*

Je ne puis lui parler dans ce moment après ce qui s'est passé. (*saluant Radoste.*) Monsieur, je serai bientôt à vous.

(*Elle sort.*)

SCÈNE VIII.

RADOSTE, CLARA.

RADOSTE, *après un moment de silence.*

Que méditez-vous ainsi, mademoiselle? l'extermination des hommes, sans doute?

CLARA.

Je pensais ce que j'aime précisément à redire: Si jamais j'étais dans le cas de devenir l'épouse de quelqu'un contre mon gré, il n'y aurait pas d'homme plus malheureux au monde!

RADOSTE.

Diantre! à quoi devrait-il donc s'attendre?

CLARA.

A des fêtes, des bals et des festins continuels.

RADOSTE.

Eh bien ! vous auriez du plaisir, et moi-même je suis grand partisan de la gaîté.

CLARA.

Alors je renoncerais à tout cela.

RADOSTE.

Le repos aussi n'est pas sans charmes.

CLARA.

Je dissiperais la fortune de mon mari.

RADOSTE.

Oui, après qu'il vous l'aura donnée.

CLARA.

Je la lui arracherais pour la perdre.

RADOSTE.

Au plus fort la victoire.

CLARA.

Je ne songerais qu'à la parure.

RADOSTE.

La parure vous ira bien.

CLARA.

Alors je ne penserai plus à la parure.

RADOSTE.

Ce sera une réduction dans les dépenses.

CLARA, *avec vivacité*.

Mais je parviendrai à faire tout à rebours. Si mon mari dit oui, je dirai non ; s'il dort, je babillerai ; s'il me parle, je bâillerai ; s'il se montre de bonne humeur, je soupirerai ; je chanterai dans ses moments de mélancolie ; enfin je le pousserai quand il sera à écrire ; je ferai du bruit pendant ses lectures : toujours noir contre blanc, toujours dent contre dent, et voilà !... (*en paraissant se rappeler quelque chose, elle marche sur le pied de Radoste.*) Et si mon mari a la goutte, je lui marcherai sur le pied.

RADOSTE, *en retirant son pied*.

Parbleu ! je ne me mettrai pas sur votre chemin. Mais alors ce ne sera pas une pénitence ordinaire qu'endurera celui qui aura le bonheur de vous épouser, à moins que ce sort ne me soit réservé par cette prédestination dont ce fou de Gustave a parlé.

(*Il rit.*)

CLARA.

Le voilà qui arrive à son affaire !

RADOSTE.

Car enfin, moi, je ne crains rien. Je ne fais pas attention aux paroles et je connais la bonté de votre cœur.

(*Il veut prendre la main de Clara, elle la retire brusquement.*)

CLARA.

Je ne veux pas, je ne veux pas ! (*Elle commence à pleurer.*) Que faire ? que devenir ?...

RADOSTE.

Ne faites pas l'enfant.

CLARA.

Plût à Dieu que je le fusse encore !

RADOSTE.

Regardez-moi donc.

CLARA, *se détournant*.

Je vous connais, je vous connais...

RADOSTE, *après avoir fait une pirouette*.

Eh bien ! je ne suis pas encore trop mal pour un futur. Puis-je danser ainsi à la noce ? (*Il rit.*) Allons, (*sérieusement.*) ce ne sont que des plaisanteries.

CLARA.

Je n'aime pas les plaisanteries.

RADOSTE.

Ne pleurez donc pas, au moins. Il n'arrivera rien de ce que vous paraissez redouter si fort, et pour preuve je vais vous envoyer Albin. (*à part, en riant.*) Quelle singulière rencontre et quelle fille bizarre !

(*Il sort.*)

CLARA, *seule*.

Oui, des plaisanteries ! des plaisanteries ! S'il m'épousait une fois, il n'y aurait plus de plaisanteries !

SCÈNE IX.

CLARA, ANGÉLIQUE.

ANGÉLIQUE, *l'air rêveur*.

Clara !

CLARA, *après un moment de silence*.

Angélique !

ANGÉLIQUE.

Sais-tu ?

CLARA.

Quoi ?

ANGÉLIQUE.

L'autre Angélique doit être bien heureuse.

CLARA.

Laisse-moi en repos. Je n'ai pas le temps de m'occuper de son bonheur ; qu'elle en jouisse à son aise !

ANGÉLIQUE.

Être l'objet d'un pareil amour !

CLARA, *ironiquement*.

Selon le dire de monsieur Gustave.

ANGÉLIQUE.

Quels avantages retirerait-il d'un mensonge ?

CLARA.

Quels avantages ? cela flatte son orgueil.

ANGÉLIQUE.

Lorsqu'on sait être reconnaissant on sait aussi aimer.

CLARA.

Je te conseille de ne pas l'écouter.

ANGÉLIQUE.

Tu ne sais pas quel plaisir on éprouve à entendre une voix d'homme exprimer des sentiments tendres avec tout le feu de la passion. Cette voix caresse tantôt nos oreilles, tantôt enflamme nos yeux, puis cause sur notre visage une espèce de frisson, enfin fait circuler de la tête au cœur, du cœur à la tête, comme une vapeur brûlante qui vous serre ici, (*montrant la poitrine.*) qui vous étouffe, jusqu'à vous arracher des soupirs !

CLARA.

Que tu es enfant ! C'est une nouvelle pour toi, mais pour moi, non. N'ai-je pas à mes pieds le passionné Albin ?

ANGÉLIQUE.

Oh ! désormais point d'Albin !

CLARA.

Comment ?

ANGÉLIQUE.

Réjouis-toi.

CLARA.

De quoi ?

ANGÉLIQUE.

Du changement.

CLARA.

Du changement d'Albin ?

ANGÉLIQUE.

Il ne t'aime plus.

CLARA.

D'où le sais-tu ?

ANGÉLIQUE.

Je le tiens de Gustave.

CLARA.

N'a-t-il pas soupiré encore ce matin ?

ANGÉLIQUE.

Par politesse.

CLARA.

N'a-t-il pas sollicité ?

ANGÉLIQUE.

Par habitude.

CLARA.

Vraiment ?

ANGÉLIQUE.

Je te dirai encore...

CLARA, *avec humeur.*

Eh bien ! que me diras-tu ?

ANGÉLIQUE.

Que c'est moi, moi infortunée, qui suis devenue l'objet de sa passion.

CLARA.

Toi ?

ANGÉLIQUE.

Moi.

CLARA.

Il t'aime ?

ANGÉLIQUE.

Il le dit.

CLARA.

Croyez après cela aux hommes ! Il pleurait à chaudes larmes, suppliait, faisait des serments, se mourait d'amour à mes pieds ; eh bien ! au bout du compte, le voilà qui tourne casaque ! Tu vois comme il est heureux, pour nous au moins, de ne pas aimer ; n'est-il pas vrai, Angélique ?

ANGÉLIQUE.

Allons chez maman.

CLARA.

N'est-il pas vrai, Angélique ?

ANGÉLIQUE.

Venez, venez ; on a servi.

(*Elle sort.*

CLARA, *seule, avec un sourire forcé.*

Ah ! il ne m'aime plus ! (*avec colère.*) C'est un serpent, un serpent venimeux !

ACTE CINQUIÈME.

SCENE I.

RADOSTE, GUSTAVE.

RADOSTE.

Gustave, au nom de Dieu, avoue-moi tes nouvelles folies !

GUSTAVE.

D'où vous vient cette crainte ? Je suis à présent amoureux ; je ne fais plus de folies, et je suis surpris moi-même d'être aussi raisonnable.

RADOSTE.

Puissé-je, moi aussi, être surpris à mon tour en te voyant raisonnable une demi-heure au moins ! Mais que veulent dire toutes ces physionomies bouleversées autour de nous, en commençant par madame Dobroyska ? Je conçois bien qu'elle te fasse la mine, mauvais sujet ; mais moi, que lui ai-je donc fait ? On eût dit que nous étions treize à table ; le temps nous y semblait bien long. Angélique, presque tremblante, rougissait et pâlissait tour à tour ; la mère fixait à tout instant ses regards sur elle. Clara riait et babillait, mais sa gaîté n'avait rien de naturel. Albin comptait toutes les petites fleurs brodées sur la nappe. Toi non plus, tu n'étais pas dans ton état ordinaire ; tu buvais seulement comme d'habitude ; tandis que moi, ignorant seul tout ce qui se passe, seul étonné, mais peut-être seul raisonnable parmi vous, je figurais là comme Pilate dans le *Credo*...

GUSTAVE, *à voix basse.*

C'est l'amour, cher oncle, c'est l'amour qui fait toute cette énigme.

RADOSTE.

Pour Angélique, pour Clara, je conçois ; mais la mère, la mère !

GUSTAVE.

Est-il défendu à une mère d'aimer ?

RADOSTE.

Tu es ce que tu as toujours été... un fou !

GUSTAVE, *prenant son oncle à part.*

Quel est donc le proverbe, mon oncle ? l'amour ne se rouille...

RADOSTE.

Oh ! tu as fait quelque nouvelle folie ; je sens qu'elle me démange.

GUSTAVE.

Moi ?

RADOSTE.

J'éclaircirai tout ce mystère ; je vais de ce pas trouver madame Dobroyska et je la ferai causer.

GUSTAVE.

Elle ne sait pas...

RADOSTE.

Que ne sait-elle pas ?

GUSTAVE.

Elle ne sait rien.

RADOSTE.

Toujours le même fou. Qu'on le caresse, qu'on le supplie, qu'on le conjure, le loup se sauve toujours dans la forêt ! Lui parler, c'est perdre son temps et sa peine !

(*Il sort.*)

GUSTAVE, *seul.*

Mon excellent oncle, c'est une heureuse surprise que je te ménage ; mais je ne puis encore te confier mon plan, car l'amoureux ne doit jamais choisir un homme raisonnable pour confident ; il peut le consulter, goûter même ses avis, mais ensuite il ne doit suivre que sa propre impulsion.

SCÈNE II.

GUSTAVE, ALBIN.

GUSTAVE.

Eh bien ! ne suis-je pas bon conseiller et ami sincère ?

ALBIN.

Je te dois des remerciments pour les ordres que tu m'as donnés, car depuis elle m'a déjà gratifié douze fois d'un coup d'œil.

GUSTAVE.

Et elle a soupiré six fois.

ALBIN.

Non, quatre fois seulement.

GUSTAVE.

C'est assez pour elle, qui ne soupire jamais.

ALBIN, *en soupirant.*

Elle ne soupire pas, il est vrai ; mais où est l'être parfait ?

GUSTAVE.

Et toi, as-tu soupiré ?

ALBIN.

Une seule fois, de loin, par hasard et très bas.

GUSTAVE.

Quand tu te sentiras trop oppressé, prends vite le chemin de la porte.

ALBIN.

Que ! bonheur ! que je remercie le ciel de m'avoir envoyé un ami si prudent, un si bon conseiller !

(*Il embrasse Gustave.*)

GUSTAVE.

Suivez donc mes avis.

ALBIN.

Je ferai ce que tu ordonneras.

GUSTAVE.

Ne lui adresses pas un mot, pas un seul mot, dût-elle pleurer même.

ALBIN, *d'un ton piteux.*

Ah ! pleurer !...

GUSTAVE.

Ah ! Que veut dire cet ah ? Si vous fléchissez ainsi, vous n'arriverez à rien.

ALBIN, *avec un air héroïque.*

Je souffrais horriblement à table, je suais sang et eau, vous l'avez vu ; eh bien ! comment me suis-je conduit ? Si elle me lançait un regard, mes yeux étaient fixés ailleurs ; Se détournait-elle, je lui lançais un coup d'œil furtif.

GUSTAVE.

C'est là tout ?

ALBIN.

Elle me demandait de l'eau, rien ; du sel, rien ; du pain, rien !

GUSTAVE.

C'est là tout l'art. Elle t'a versé du vin.

ALBIN.

Et moi... (*plus bas.*) je l'ai bu.

GUSTAVE.

Oh ! il faut toujours boire. Mais, je t'assure, elle fléchit ; tu en as mille preuves. Elle n'a des yeux que pour toi, c'est elle qui te recherche. Garde seulement ta position ; c'est là tout l'art, et vînt-elle ici même te demander la paix et t'adresser les plus tendres paroles, ne lui réponds que par des monosyllabes, oui ou non.

ALBIN.

Dussé-je en mourir, je suivrai tes avis jusqu'au bout, car je sens que tes moyens sont infaillibles, et tes conseils de l'or pur.

(*Il l'embrasse.*)

GUSTAVE, *imitant le ton plaintif de son oncle.*

Mais, au nom du ciel! cesse donc une fois d'être fou, aie donc une fois du sens commun, prends-moi pour exemple!

ALBIN.

Ah! je ferais de vains efforts pour t'égaler!

(*Clara survient, et apercevant Gustave s'arrête.*)

SCENE III.

CLARA, GUSTAVE, ALBIN.

CLARA.

Angélique n'est pas là?

GUSTAVE, *regardant autour de lui.*

Non, mademoiselle, elle n'y est pas. (*à part, à Albin.*)—Vois-tu, elle est déjà revenue. Crois-tu qu'elle cherche Angélique? Mais tiens ferme!

ALBIN, *à part, à Gustave.*

C'est là tout l'art.

GUSTAVE, *d'un ton impératif.*

Eh bien! retire-toi dans un coin, baisse les yeux et laisse-moi d'abord arranger les choses. (*Albin se retire vers le fond de la scène, et Gustave s'adresse à Clara.*) Faut-il vous féliciter?

CLARA, *ironiquement.*

Vous avez bien choisi votre moment pour vos félicitations; et à quel propos, s'il vous plaît?

GUSTAVE.

A l'occasion d'un nouvel adorateur.

CLARA.

Je n'en connais pas.

GUSTAVE.

Vous plaisantez, ma tante.

CLARA.

Monsieur Gustave!

GUSTAVE.

Pourquoi vous en fâcheriez-vous?

CLARA, *les larmes aux yeux.*

Ce sont des plaisanteries bien cruelles!

GUSTAVE.

Comment donc, des pleurs! Sérieusement vous ne voulez donc pas devenir ma tante?

CLARA.

Plutôt cent fois mourir!

GUSTAVE.

Hum! alors c'est bien différent.

CLARA.

Expliquez-vous.

GUSTAVE.

Le destin nous menace tous les deux du même coup; il faut donc étouffer nos querelles et nous prêter mutuellement conseil et assistance.

CLARA.

Mais la manière?

GUSTAVE.

La manière? (*Après avoir paru réfléchir.*) J'avoue, je n'en sais encore trop rien.

CLARA.

Si monsieur Gustave voulait m'écouter, il feindrait d'entrer dans les vues de son oncle, car l'essentiel est de gagner du temps.

GUSTAVE.

C'est ce que je désirais aussi; mais Angélique n'a pas eu la force de taire le secret à sa mère. Sa mère se fâche, mon oncle s'étonne, questionne, s'informe, et peut-être en ce moment a-t-il déjà tout découvert!

CLARA.

Nous voilà dans une jolie position. Ah! monsieur Gustave, ne pourrait-on la changer encore? Excusez mes importunités dans cette affaire; mais le temps presse. Radoste veut se marier. Dites-moi, aimez-vous donc si fort cette autre Angélique?

GUSTAVE.

Que je l'aime beaucoup ou peu, le fait est qu'on me dédaigne ici.

CLARA.

Ah! n'y croyez pas.

GUSTAVE.

Si j'obéissais à mon oncle, Angélique ne voudrait pas?

CLARA.

Angélique vous est favorable.

GUSTAVE.

Favorable! son ame est disposée favorablement envers tout le monde, mais cela n'engage qu'à la reconnaissance.

CLARA, *avec impatience.*

Devinez le reste.

GUSTAVE.

Oui, je ne le puis que deviner, car je me rappelle fort bien comment mademoiselle Clara attaquait une cause qu'elle paraît à présent vouloir favoriser.

CLARA.

Les circonstances doivent m'excuser.

GUSTAVE.

Les circonstances pressent mademoiselle Clara, mais quelle influence exercent-elles sur Angélique? Quels motifs me porteraient à ajouter foi à ce qui serait peut-être l'objet secret de mes désirs?

CLARA.

Ainsi, Angélique...

GUSTAVE.

Est digne d'un attachement sincère.

CLARA.

Et vous voudriez...

GUSTAVE.

Lui consacrer ma vie.

CLARA.

Pourquoi balancez-vous donc? quel obstacle avez-vous à redouter?

GUSTAVE.

L'incertitude...

CLARA.

Elle a disparu.

GUSTAVE.

Et son amour?

CLARA.

Il vous attend.

GUSTAVE.

C'est Angélique...

CLARA, *vivement.*

Qui le promet par ma voix.

GUSTAVE, *à part.*

Ah! je n'attendais que cela! Me voilà donc sûr du succès! Qu'on fasse désormais ce qu'on voudra. (*Il paraît vouloir sortir, mais il s'arrête.*) Pardonnez-moi si mes demandes deviennent indiscrètes; mais le temps presse, Radoste agit, et cependant on pourrait le prévenir. Ainsi dites-moi, en peu de mots, (*bas et indiquant du geste Albin.*) craignez-vous également le mariage de ce côté? Vous gardez le silence! dois-je deviner? Je vous souhaite du bonheur; mais Albin, vous savez...

CLARA, *avec impatience.*

Oui, je sais, je sais.

GUSTAVE.

Il y a un moyen...

CLARA.

Je comprends.

GUSTAVE.

Donnez-lui de la certitude.

CLARA.

Je sais, je sais.

GUSTAVE.

Dois-je m'en aller? (*Après une pause.*) Avec lui?

CLARA.

Qui vous l'a dit?

GUSTAVE.

Dois-je rester?

CLARA.

Quels tourments!

GUSTAVE.

Mon avis sera donc accepté?

CLARA.

Oui, oui.

GUSTAVE.

Franchement?

CLARA.

Franchement.

GUSTAVE, *changeant de ton.*

Ah! je le crois très fort. — Prendre un parti pour toujours et l'abandonner dans les vingt-quatre heures, haïr le matin, aimer le soir, nuire à un innocent, puis bien-

tôt vouloir lui venir en aide; j'espère que c'est de la légèreté dont les hommes au moins sont incapables. — Ravi de vous avoir exprimé cette opinion, il ne me reste plus, mademoiselle, qu'à me reconnaître pour votre très humble serviteur.

(*Il fait une profonde révérence et sort.*)

SCÈNE IV.

CLARA, ALBIN, *dans le fond.*

CLARA, *après un moment de silence.*

Comment? qu'est-ce? Tout me manque à la fois! Rien que des railleries et de la vengeance!

ALBIN, *à part.*

Courage, tenons ferme!

CLARA.

J'ai cru aux paroles de Gustave, j'ai trahi Angélique!

ALBIN, *à part.*

Ah! des larmes!

CLARA.

Ah! je suis coupable envers tout le monde!

ALBIN, *à part.*

Tenons ferme!

CLARA.

Hélas! que je souffre cruellement!

ALBIN.

J'ai peur de ne plus pouvoir résister.

CLARA.

Albin, tu es déjà vengé!

ALBIN *se lève, mais se rassied de nouveau.* — *à part.*

Tenons ferme!

CLARA.

Quoi, je n'aurai plus même aucun droit à la pitié!

ALBIN, *se levant précipitamment.*

Ah! je ne puis plus me retenir! (*à* Clara.) Vous sollicitez en vain la pitié?

CLARA.

Peut-on le demander encore, lorsqu'on voit ce qui m'arrive?

ALBIN.

Qu'est-ce donc?

CLARA.

Radoste, Radoste veut m'épouser.

ALBIN.

Et vous?

CLARA.

Je mourrai plutôt.

ALBIN.

Et il espérerait vous contraindre à ce mariage?

CLARA.

Mon père l'exige.

ALBIN.

Quoi! Radoste, vous épouser? Il ne vivra pas jusque là. Je cours vous délivrer et vous venger !

(Il sort furieux.)

CLARA, courant après lui.

Ah ! Albin, arrête... arrête... Il le tuera !

(Elle sort.)

SCÈNE V.

MADAME DOBROYSKA, RADOSTE, AN-GÉLIQUE.

RADOSTE.

Où est-il, où est-il?

MADAME DOBROYSKA.

Point de colère et de fureur.

ANGÉLIQUE, à part.

Maman, arrête-le.

RADOSTE.

Comment ! j'étais donc censé le savoir ?

MADAME DOBROYSKA.

Je n'y croyais pas.

RADOSTE.

J'aurais amené ici de pareils hôtes !

MADAME DOBROYSKA.

Il n'est arrivé aucun mal.

RADOSTE.

Je ne le regarde plus comme un fou, mais comme un imposteur !

MADAME DOBROYSKA.

Pardonnez-lui.

RADOSTE.

Ah! par exemple !

ANGÉLIQUE, à part.

Maman, arrête-le.

RADOSTE, allant vers la porte de l'appartement de Gustave.

Je vais à l'instant éclaircir cette histoire.

MADAME DOBROYSKA.

Attendez.

RADOSTE.

Laissez-moi, madame.

ANGÉLIQUE, à part.

Maman, ne le laisse pas partir.

RADOSTE, en criant.

Gustave ! (dégageant sa main d'entre celles de madame Dobroyska.) Permettez !..

ANGÉLIQUE, à part.

O Dieu !

RADOSTE, criant à la porte de Gustave.

Gustave ! Eh bien! il est encore sorti !

(Il regarde à travers le trou de la serrure.)

MADAME DOBROYSKA.

Veuillez m'écouter, de grace! Il faut s'entendre un peu auparavant.

RADOSTE.

S'entendre sur quoi? Les preuves sont évidentes.

MADAME DOBROYSKA.

Mais vous vous emportez trop.

RADOSTE.

Je ne m'emporte pas du tout.

ANGÉLIQUE, à part.

Ne le crois pas, maman !

MADAME DOBROYSKA.

Qu'est ce que c'est que cette Angélique?

RADOSTE.

Je n'en connais aucune autre au monde que votre fille.

MADAME DOBROYSKA.

Et le père d'Angélique?

RADOSTE.

Puis-je savoir si j'ai jamais rencontré quelqu'un qui eût une fille de ce nom?

MADAME DOBROYSKA.

Vous avez un procès avec lui.

RADOSTE.

Je n'ai de procès avec personne.

ANGÉLIQUE, à part, à sa mère.

Il ne veut pas avouer.

RADOSTE.

Qu'avait-il donc dans la tête?

MADAME DOBROYSKA.

Vous vous rappellerez au moins votre duel ?

RADOSTE.

Mon duel ! (Il fait un geste d'indignation.) Mais que n'a pas inventé ce mauvais sujet !

MADAME DOBROYSKA.

Calmez-vous donc.

RADOSTE.

Madame, je l'ai vu, je l'ai pressenti ; je savais que ce fou allait commettre des extravagances sans fin, et ce qui m'affecte le plus douloureusement, ce que personne sans doute ne voudra croire, c'est que tout dernièrement encore je ne lui ai pas ménagé les sermons. Que faire? Ah! je le sais, il me reste un dernier avis à lui adresser.

(Il sort vivement.)

ANGÉLIQUE.

Ah ! maman, courez après lui ! arrêtez-le!

MADAME DOBROYSKA.

J'y cours.

ANGÉLIQUE.

Plus vite !

MADAME DOBROYSKA.

Je cours de toutes mes forces !

SCÈNE VI.

ANGÉLIQUE, GUSTAVE, *au fond de la scène.*

ANGÉLIQUE, *sans voir Gustave.*

Radoste est vif, mais il est bon au fond. Les prières, les larmes le toucheront à la fin ; il pardonnera, Gustave partira d'ici, et puis... je pleurerai... et il ne me plaindra même pas, il m'oubliera !

GUSTAVE.

Non, jamais !

ANGÉLIQUE.

Ah !

GUSTAVE.

Non, jamais les liens qui nous unissent ne se briseront !

ANGÉLIQUE.

Fuyez !

GUSTAVE.

Pourquoi ?

ANGÉLIQUE.

Ton oncle te menace et te maudit.

GUSTAVE.

Il accueillera mes excuses.

ANGÉLIQUE.

Il nie tout.

GUSTAVE.

C'est une idée à lui.

ANGÉLIQUE.

Comment ! une idée ?

GUSTAVE, *avec assurance.*

Oui, oui.

ANGÉLIQUE, *avec un soupir.*

Je le croyais sur parole.

GUSTAVE.

Et tu tremblais ?

ANGÉLIQUE, *naïvement.*

Mais, au contraire.

GUSTAVE.

Réfléchis bien à quel embarras t'exposerait le retour de notre ancienne situation. (*Après une pause.*) L'amour, qui t'est si désagréable, reparaîtrait. (*Après une pause.*) Ta mère pourrait peut-être me favoriser ?

ANGÉLIQUE.

Oh ! elle m'aime tant !

GUSTAVE.

Alors, qu'en arriverait-il ?

ANGÉLIQUE, *embarrassée.*

Que dois-je dire ? pourquoi m'adresser cette question ?

GUSTAVE, *lui prenant la main.*

Ah ! tu peux ne pas croire à la magie d'un regard qui, se glissant lentement, vient se reposer dans tes yeux ; au tremblement de la main qui saisit la tienne, à la voix qui commence à pénétrer dans ton âme ; mais aie foi au moins dans ton intime sentiment. Ce n'est que l'amour qui puisse enfanter l'amour. Le cœur est-il muet ?

ANGÉLIQUE, *fixant sur lui son regard.*

Non.

GUSTAVE, *l'entraînant dans ses bras.*

Angélique !

ANGÉLIQUE.

Gustave ! (*s'arrachant tout à coup de ses bras.*) Et l'autre ?

GUSTAVE.

C'est toi qui l'étais et qui l'es toujours.

ANGÉLIQUE.

Comment ? cette Angélique...

GUSTAVE.

Je n'en connais aucune autre que toi.

ANGÉLIQUE.

Tu ne me trompes pas ?

GUSTAVE.

N'aie aucune crainte. Je me suis servi d'une trahison bien innocente ; mais aurais-je pu t'inspirer des sentiments plus favorables, si je n'avais pas eu le talent de me rapprocher de toi malgré les préventions qui t'éloignaient ?

ANGÉLIQUE.

Tu n'as donc pas eu d'autre amour ? Ce n'est donc pas un changement ? je suis la seule...

GUSTAVE.

La seule que j'aime !

ANGÉLIQUE.

Et Clara ?

GUSTAVE.

Elle obtiendra son pardon, car elle aime Albin et en est aimée.

SCÈNE VII.

LES MÊMES, RADOSTE, MADAME DO-BROYSKA.

(*Radoste et madame Dobroyska arrivent essoufflés ; le premier peut à peine parler ; Gustave part d'un éclat de rire.*)

RADOSTE, *à madame Dobroyska.*

Eh bien ! madame, voyez, il rit encore.

MADAME DOBROYSKA.

Mais, oui.

RADOSTE, *s'avançant de l'air le plus sérieux vers Gustave.*

Monsieur !

GUSTAVE.

Oh ! oh !

RADOSTE, *un peu déconcerté.*

Oh! oh! Entendez-vous, madame? il ose encore me dire oh! oh! Vite, avoue toutes les sottises par lesquelles tu as justifié mes craintes prophétiques! De quelle Angélique, où et depuis quand es-tu donc amoureux?

GUSTAVE, *prenant Angélique par la main.*

De quelle Angélique? de celle-là!

RADOSTE.

Ah! (*se tournant vers madame Dobroyska.*) ah!

GUSTAVE, *à Angélique.*

N'est-ce pas vrai?

ANGÉLIQUE.

Oui.

RADOSTE.

Voyez donc! comprenez-y quelque chose. Vous venez de l'entendre! Et ce duel, mon cher monsieur?

GUSTAVE, *le prenant à part.*

Vous savez bien, mon oncle...

RADOSTE, *plus haut.*

Quoi, comment?

GUSTAVE, *encore plus haut.*

A la Redoute!...

RADOSTE, *à voix basse.*

Chut, chut!

GUSTAVE, *haut.*

Il s'agissait de...

RADOSTE, *voulant lui fermer la bouche.*

Taisez-vous, mauvais sujet.

GUSTAVE.

A ce que je crois...

RADOSTE, *répétant le même geste.*

Mais taisez-vous donc! un peu de raison!

SCÈNE VIII.

LES MÊMES, ALBIN, *accourant et suivi de* CLARA.

ALBIN, *criant aux oreilles de Radoste.*

Vous me tuerez avant d'épouser Clara!

RADOSTE, *reculant effrayé.*

Quelle diable d'histoire encore!

CLARA, *cherchant à calmer Albin.*

Albin!

RADOSTE, *en se frottant les oreilles.*

C'est donc moi qui veux épouser Clara?

MADAME DOBROYSKA.

Quel est ce nouveau conte?

RADOSTE.

Mais c'est une véritable épidémie! voilà un nouveau fou. Qui vous a dit cela, Albin?

ALBIN.

Vous-même.

RADOSTE.

Vous avez donc pris la plaisanterie au sérieux?

CLARA.

Pourquoi avez-vous fait une demande à mon père?

RADOSTE.

Moi? quand? qui l'a dit?

CLARA.

Gustave.

RADOSTE.

Qu'est-ce qui a pu vous porter, carissime neveu, à me prêter l'idée de ce mariage?

GUSTAVE.

Je voulais faire peur à Clara.

RADOSTE.

Ah! par exemple, c'est joli de se servir de moi comme d'un épouvantail pour les jeunes filles! Mais vous, Albin, pourquoi dirigez-vous ainsi votre vengeance contre moi, puisque c'est Angélique que vous aimez?

ALBIN.

Qui? moi? qui pourrait l'avoir dit?

RADOSTE.

Gustave.

CLARA.

Oui, Gustave.

GUSTAVE.

Oui, voilà Gustave, voilà l'étourdi qui a inventé et embrouillé toutes ces intrigues: maintenant c'est le dénouement qui arrive. (*prenant la main d'Angélique et s'agenouillant devant madame Dobroyska.*) C'est ici, Angélique, que notre sort doit se décider.

MADAME DOBROYSKA, *les relevant.*

Tout est compris.

RADOSTE.

Moi, tout m'étonne encore!

MADAME DOBROYSKA, *unissant Gustave à Angélique.*

Je te confie le bonheur de ma fille!

GUSTAVE.

A présent occupons-nous des autres. (*d'un ton impératif.*) Albin, approche!

MADAME DOBROYSKA.

Qu'est-ce que vous en dites, Clara?

GUSTAVE.

Elle le veut, elle le veut; je vous le garantis!

CLARA.

Mais...

GUSTAVE.

C'est fait.

CLARA.

Ah! je voudrais bien ne pas le vouloir.

ALBIN.

Vous ne le pouvez donc pas?

CLARA.

Je suis forcé de t'aimer.

GUSTAVE.

Que celui vous unisse à qui toute gloire est due... (*avec gravité.*) Soyez heureux comme vous vous aimez! (*tout bas à Clara.*)

Eh bien! les vœux se sont-ils envolés? (*à Albin.*) Et toi, auras-tu toujours besoin d'un conseiller? (*tout haut.*) Ainsi il y a pour tous un dénouement heureux.

RADOSTE.

Mais, mon petit Gustave, sur mon ame, je n'y entends rien encore!

GUSTAVE, *le serrant dans ses bras.*

Mon cher oncle, voilà le fruit de vos salutaires conseils!

FIN D'UN VŒU DE JEUNES FILLES.

www.ingramcontent.com/pod-product-compliance
Lightning Source LLC
LaVergne TN
LVHW012016180726
843502LV00005B/1740